Pierre d'homme

Maquette de couverture : Alain Verstichel

Documents de couverture:

Bernard Jährling au travail (photo de Lydie Rouffet)
et le camp de Noisy-le-Grand en arrière-plan.

Le Père Wresinski et Bernard Jährling à Méry-sur-Oise en 1986
(photo de Luc Prisset).

Bernard Jährling

Pierre d'homme

Autobiographie

Texte et entretiens mis en récit avec Jean-Michel Defromont

EDITIONS QUART MONDE

ISBN : 2-913046-29-0

15, rue Maître Albert, 75005 Paris

Pour Émilien et Romain

Avertissement

Par respect pour la mémoire
des personnes évoquées dans ce livre,
l'auteur a choisi de changer certains noms.

Le camp

Une masse d'abris en demi-tonneaux et des tentes militaires alignés sur un immense terrain, c'est ce que j'ai vu en arrivant. De ces espèces de dromadaires sortaient des tuyaux de poêle qui fumaient, en plein été. Perché sur un camion, coincé entre les meubles avec mes petits frères, ma mère devant dans la cabine avec mes sœurs, j'ai pensé : c'est quoi ça ? Un camp de prisonniers ?

Le camion s'est arrêté devant un demi-tonneau marqué : « Accueil ». Le chauffeur en est descendu. Ma mère aussi, avec ma petite sœur dans ses bras. En revenant, elle a dit :

– On va au J 3.

J 3 ? Toujours cette impression de camp de prisonniers… J'avais quatorze ans mais je me retrouvais sept ans en arrière, avant de quitter l'Allemagne, quand on nous avait rassemblés dans des tentes comme celles-là, sur un terrain d'aviation, avec des milliers de gens. Beaucoup étaient des prisonniers de guerre libérés qui avaient espéré refaire leur vie en Allemagne, et qui, finalement avaient dû se résoudre à quitter le pays par le pont aérien des Américains. Notre famille avait eu la chance de partir parce que ma mère était mariée à un prisonnier français.

Quand j'ai vu que, des années après, on se retrouvait dans le même genre de camp, – il n'y avait pas de soldats, c'était la seule différence – je me suis dit : « Ils vont nous parquer là, nous trier et nous renvoyer en Allemagne. »

Deux hommes nous ont suivis à pied. Devant une de ces baraques plus longues que larges, en demi-lune, ils se sont arrêtés. Le chauffeur est descendu :

– Voilà votre igloo.

Mes petits frères et moi sautons du camion.

– Mais, c'est un demi-tonneau !

Il me reprend :

– On dit : « igloo ».

Près de nous, ma mère, toujours avec Marcelline dans les bras, et Hélène accrochée à sa jupe, dit avec son accent allemand :

– C'est ça que vous appelez Noisy ? Et vous voulez qu'on habite là-dedans ! Mais c'est pire que Pomponne !

Sa réflexion n'a pas plu au bonhomme.

– C'est ça ou rien !

Du coup, avec les deux types, ils déchargent, vite fait, toutes nos affaires, les matelas et le reste, à même la terre, devant l'igloo.

– Vous pourriez au moins rentrer les meubles les plus lourds ! proteste ma mère, dans sa langue.

– Qu'est-ce qu'elle dit ? demande le gars.

Je traduis :

– Elle dit que vous nous prenez pour des chiens !

L'autre, hargneux :

– Qu'est-ce que vous croyez ? Vous n'êtes pas tout seuls ! On doit aller fairc d'autres chargements.

Il voulait finir sa journée, oui. La colère me prend.

– Tu te sens fort. Mais si mes grands frères étaient là, tu fermerais ta gueule !

Sa tête devient un piment rouge. A ses copains,

il dit :

– Puisque c'est ça, on se casse. Qu'ils se débrouillent dans leur merde !

Il jette les clés par terre et nous laisse là. Les mains sur la poitrine, ma mère va se trouver mal. Elle s'assoit sur une chaise. Je crie :

– Vous voyez ce que vous êtes en train de faire !

Ils prennent peur, montent dans leur camion. Avec mes petits frères, on ramasse des pierres et on les jette sur eux.

Ma mère, péniblement :

– Arrêtez, mes enfants !

Le camion parti, elle se remet debout. Je ramasse la clef pour lui donner. C'est elle qui ouvre. A l'intérieur de l'igloo, un vrai champ de labours : de l'herbe, des crevasses, des gravats, des flaques d'eau même… Parmi les voisins qui ont assisté à la scène, certains apportent pelles et pioches avant qu'on leur demande.

– On est passés par là, disent-ils.

Après avoir égalisé le terrain, comme mes grands frères n'étaient toujours pas arrivés de Pomponne avec la camionnette qu'on nous avait prêtée, ma mère me dit de prendre la pioche pour casser le vieux buffet, afin d'en faire des planches pour pouvoir poser les meubles dessus. Pendant qu'elle s'occupe du biberon de Marcelline, je fais la connaissance de Féroux, Hurot et Salier, des igloos d'à côté. Je retrouve aussi Naudé qui habitait Pomponne. Ils m'invitent à faire un tour.

– Bernd ! Va pas trop loin, dit ma mère. Après tu iras me faire des courses.

J'ai suivi mes nouveaux copains pour savoir exactement où on était tombés. En découvrant ces chemins de terre, ces igloos alignés au garde-à-vous, tuyaux dressés comme des fusils, j'ai été marqué par les enfants qui n'avaient quasiment rien sur le dos, rentrant et sortant de leurs abris, avec un rire pas naturel comme s'ils devaient cacher quelque chose. Les femmes aussi, rien qu'en voyant leur allure, on comprenait dans quel lieu on avait échoué. Toutes ces choses me sont restées jusqu'à aujourd'hui.

En revenant dans notre igloo, j'ai retrouvé ma mère assise, en train de donner le biberon à ma petite sœur. Mes deux frères venaient d'arriver de Pomponne.

– Mes enfants, rendez-vous compte… Quel avenir je vais vous donner ?

J'en avais marre de la voir ruminer comme ça. Elle s'est redressée.

– Enfin… on a un toit sur la tête. Maintenant, faudra tout faire pour se sortir de là.

– Tu parles d'un toit, a dit Peter.

Se sortir de là… Dans ma tête de gamin, j'y croyais sans y croire. Je savais que ce serait dur, parce qu'on n'avait plus de père.

I. L’exode

Enfant de la guerre

Mon père à moi, était mort du choléra, à la bataille de Stalingrad en Russie, le 26 décembre 1942, sans m'avoir jamais vu. Avec ma mère, ils m'avaient fait à sa dernière permission en Allemagne. Je suis né à Zerbst, près de Leipzig, le 14 novembre 1941. Quand ma mère s'est trouvée veuve, elle avait quatre enfants : Walter neuf ans, Peter cinq, Georges quatre, et moi, Bernd, j'avais un an.

De la guerre proprement dite, j'ai très peu de souvenirs. Ma mère m'a seulement expliqué que, sous les bombardements, elle nous faisait sortir avec elle de la maison, courir dans les champs pour nous jeter dans les trous de bombe. C'était plus sûr que de rester dans la cave.

En Allemagne après la guerre, pour mon premier jour d'école, elle m'avait acheté un sac à dos tout neuf. J'étais fier. Je revois encore cet immense cornet en papier qu'on avait remis à tous ceux qui venaient pour la première fois. Les plus grands de l'école nous faisaient croire que ces cornets étaient faits pour nous enfermer dedans si on n'était pas sages. Il a fallu que plusieurs grandes personnes insistent : « Non, c'est pour vous, c'est une surprise ». A l'intérieur, beaucoup de papiers, quelques petits jouets, des fournitures, des bonbons… pas grand chose en somme, mais pour nous, c'était incroyable.

Je me souviens aussi, sur le chemin de l'école, de tous ces gens, des femmes surtout, qui grattaient des briques sur des tas énormes. Plus tard, j'ai compris qu'ils essayaient de récupérer dans les ruines de quoi reconstruire leur maison. Par chance, notre quartier était resté intact.

En plus de l'armée américaine, on a aussi été occupés par les Russes, des cosaques avec leur long sabre et leur fusil, prêts à tirer sur tout ce qui bouge. Pour ne pas sembler suspects, quand les

Américains ou les Russes passaient par régiments entiers, il valait mieux les acclamer. Parfois, quelques-uns donnaient des gâteaux ou des chewing-gums aux enfants. C'est en m'approchant d'un de leurs camions en marche, pour attraper une de ces friandises qu'un soldat, depuis l'arrière, m'a tendu le bras. Je l'ai saisi. Il a commencé par me hisser, avant de lâcher ma main. Je suis tombé à la renverse. La remorque du camion, une cuisine roulante, m'est passée sur le corps. L'homme a été aussitôt arrêté, c'est ce que ma mère m'a expliqué, après, à l'hôpital où j'ai été longuement soigné.

Avant cet accident, je me souviens qu'on guettait l'arrivée des tracteurs rien qu'au bruit qui les annonçait, tellement ils pétaradaient en crachant leurs gros ronds de fumée noire. Leurs chariots pleins de betteraves étaient gardés par des soldats. Pour les distraire, les femmes leur faisaient des grands signes, ce qui nous permettait à nous, les enfants, de nous faufiler par derrière, avec des bouts de bois taillés en pointe, et de taper dans les betteraves pour les faire tomber. Puis on disparaissait comme le vent. Ensuite, chez nous, avec un petit pressoir à sucre, ma mère fabriquait une sorte de caramel. J'en ai encore le goût à la bouche.

Ma mère m'a raconté aussi qu'avant 1945, au risque d'être enfermée dans un camp, elle avait donné à boire à un prisonnier français. A cause de cela, l'homme avait failli être abattu par la Gestapo. Pourquoi a-t-il été épargné ? Je ne sais pas. Mais la guerre finie, ce même homme, Diogène Langlet, deviendra mon beau-père. Ma mère et lui ont eu leur premier enfant, Henri, en septembre 1946. Puis Victor est né en avril 48.

Dans le même temps, une rumeur circulait que les femmes qui s'étaient mises avec des soldats français allaient toutes être déportées en Russie. Alors elle a voulu qu'on s'en aille avec mon beau-père, en France, en profitant du pont aérien des Américains. Et c'est de Berlin, en septembre 1948, que nous sommes partis, dans un gros porteur à hélices chargé de familles entières.

Nous avons atterri au Bourget. Des bus spéciaux attendaient les réfugiés. Le nôtre nous a emmenés à Annet-sur-Marne, à l'est de Paris, le village où mon beau-père, ouvrier agricole, habitait avant la guerre.

Cinquante-cinq ans après, j'y suis retourné avec Jean-Michel qui m'aide à écrire ce livre. J'ai revu la ferme où nous avons été accueillis en arrivant. Sous le porche, les nids d'hirondelles. Migrateur comme elles, je reviens sur les lieux de mon enfance. Le pigeonnier est toujours là. Ceux qui l'habitent aujourd'hui n'ont pas d'ailes, mais ils roulent en voiture.

Nous dirigeant vers la place de l'église, nous apercevons un homme qui vient justement d'en ouvrir la porte, le prêtre probablement. Nous en profitons pour entrer. Tant de copains ont fait ici leur communion. J'aimais chanter avec eux dans l'église, au point que le curé m'a demandé un jour pourquoi je ne venais pas au catéchisme.

– Ma mère n'a pas d'argent, j'avais répondu, gêné.

– Mais le catéchisme est gratuit.

En fait, je n'avais pas osé dire que j'étais protestant, par ma mère.

Assis au fond de l'église, les souvenirs me reviennent.

Les baptêmes : le samedi vers onze heures et demie, les cloches se mettaient à sonner ; l'école finie, on courait se poster à la sortie de la cérémonie, pour ramasser les dragées et les pièces jetées par les gens.

Les enterrements : ce fameux corbillard noir avec son cheval noir et les gens derrière, en noir aussi. Je m'étais promis de ne jamais mettre les pieds dans le jardin des morts. Un soir, passant à proximité du cimetière avec des copains, les lumières bleues des feux follets nous avaient poursuivis comme des mains pour nous attraper. Nous avions couru sans nous retourner. Cette frayeur m'est restée longtemps.

Les mariages aussi. Je me disais : « Quand je serai grand, ma femme sera encore plus belle que cette mariée avec sa grande robe blanche. » Lorsque les gens sortaient de l'église, pour nous, au vu de leurs beaux habits, ils étaient riches. Postés sous le porche, nous étions quelques-uns à leur tendre la main.

Je suis heureux d'être revenu à cet endroit. En sortant, je fais mon signe de croix, et nous nous rendons au milieu de la place, à l'endroit précis où le garde champêtre se positionnait pour taper sur son tambour, prendre sa feuille et crier : « Avis à la population ! » Avec sa grande moustache et son uniforme, on aurait dit un soldat de la guerre de 1870. Il ne lui manquait que le fusil à baïonnette. Avec les gamins du village, on le faisait tourner en bourrique, en chantant :

Le garde champêtre qui pue, qui pète,
qui prend son cul pour une trompette.

Lui, tout rouge, nous courait après, mais on courait plus vite que lui.

Je regarde l'église, la mairie, l'école où j'ai appris à lire. Là-bas, dans la rue, j'aperçois la maison où habitaient Paul et Wolfgang, deux Allemands mariés pendant la guerre à des Françaises. Heureusement qu'ils étaient là, sinon ma mère n'aurait jamais pu tenir.

La maison du coiffeur me rappelle *Casque d'o*r. Mon grand frère Walter avait été embauché comme figurant dans ce film. Il devait juste entrer et sortir de cette boutique. On lui avait fait rejouer la scène deux trois fois. Et pour ça, il avait eu un paquet de billets, assez pour manger tous à notre faim pendant au moins quinze jours.

Puis nous nous dirigeons vers l'autre côté de la place. Notre ancienne maison a été complètement rénovée. De la fenêtre d'en bas, une femme nous observe. Elle ne peut pas se douter qu'à cet endroit même, ma famille a été cassée.

La hache

Après la guerre, à Annet comme ailleurs, la haine de certains restait vivace. Ma mère, et surtout mon beau-père, la subissaient en plein. Avant, dans le village, il était respecté. Après, il n'a pas supporté de perdre son honneur à cause des réflexions des gens.

A l'école, devant la grille, on nous montrait du doigt. Certaines femmes disaient à leurs enfants : « C'est des boches. Faut pas jouer avec eux .»

Pourtant mon beau-père était français. A lui, ancien du pays, on n'a jamais pardonné qu'il se soit marié avec une Allemande, de même qu'en Allemagne, plein de gens reprochaient à ma mère sa liaison avec un prisonnier ennemi.

Je me demande si elle ne lui a pas souvent dit :

– Vaut mieux que je m'en aille pour que tu sois en paix.

Plusieurs fois, il l'a retenue quand elle disait : je vais partir.

– Non, non ! Il y a les enfants.

Certains soirs, il revenait après avoir travaillé dans les champs, je voyais qu'il avait les larmes aux yeux. Je lui demandais pourquoi. Il me disait :

– Je viens de faire du feu, ça me pique.

Ça me semblait bizarre, il ne sentait pas la fumée.

Progressivement, il s'est mis à rentrer de plus en plus tard, à traîner au café. Ma mère m'envoyait le chercher. Le plus souvent Georges et Peter étaient en vadrouille, Walter travaillait comme maçon et c'était toujours moi, le dernier des grands, qui devait faire les corvées.

Une fois, en regardant du dehors à travers la vitre de la buvette pour voir si mon beau-père était là, malgré la buée, j'ai distingué plusieurs personnes en grande discussion, le verre à la main. C'est à lui qu'ils parlaient. J'ai hésité à pousser la porte.

A peine entré, j'entends : « Va avec ta schleue. T'as plus rien à faire ici ! » A moitié soûl, mon beau-père veut se battre. Comme je le tire par le bras, les autres se moquent : « T'as besoin d'un gamin de boche pour te défendre, maintenant ! » Je dévisage l'homme qui vient de dire ça, sidéré qu'une grande personne parle de cette façon. Dans mon ventre, dans ma tête, je sens comme le début d'une révolution. D'un coup, mon innocence devient soif de vengeance. Toute cette beauté d'enfant qui ne voit pas le mal découvre brutalement la réalité des hommes.

Ce soir-là, j'ai juste prévenu ma mère qu'il avait bu. Lui se passait les nerfs en coupant du bois dehors. Soudain, voilà qu'il rentre, l'œil méchant, et ordonne à mon frère Walter à peine revenu de son travail :

– Finis de couper le bois, et vite !

Ma mère :

– Va doucement avec les enfants !

Il commence à crier sur elle. Walter prend sa défense. Lui se retourne pour le gifler. Mais Walter, déjà bâti comme un homme, ne se laisse pas faire. Mon beau-père l'attrape. Ils se battent dans la cour, s'approchant du billot à l'angle de la maison et du poulailler. C'est là qu'il saisit la hache et la lance sur mon frère, le blessant à la tête. Walter s'écroule, perdant son sang. Tout le monde crie. Vite, on le porte chez le médecin, juste derrière l'église. Il l'a recousu tout de suite, dix-sept points de suture, avant de l'envoyer à l'hôpital. Nous n'avons jamais su où mon beau-père avait dormi cette nuit-là. Le lendemain, quand il est réapparu, piteux, ma mère lui a dit :

– Je divorce, sinon tu vas tuer tous les enfants.

Ce coup de hache sur la tête de mon frère avait consommé l'espoir de ma mère, et avait tout achevé entre lui et nous. Depuis, j'ai compris comment on peut en venir à haïr quelqu'un jusqu'à vouloir le tuer.

A partir de là, mon beau-père est retourné

vivre dans sa famille. Notre maison dépendant de son patron, après la séparation, on n'avait plus le droit d'y rester, même si ma mère et lui continuaient à se voir. A cette époque, elle s'est trouvée enceinte d'Hélène qui naîtra le 29 mars 1950.

Comme on était obligés de partir, et ma mère étant protestante, le pasteur de Lagny-sur-Marne a fini par nous trouver un lieu où être accueillis avec mes frères et ma sœur, à Pomponne, lieu dit « la Pomponnette », dans un des premiers camps de l'Abbé Pierre.

La Pomponnette

En quittant Annet, avec Jean-Michel, nous traversons le pont sur la Marne. C'est là que, mes frères et moi, on pêchait les ablettes, petits poissons très fins qui brillent comme l'argent. On se régalait avec les fricassées que ma mère en faisait, dehors dans la cour, à cause de l'odeur.

Le lavoir où les femmes tapaient sur le linge a disparu. Souvent je me cachais pour les regarder et les écouter chanter. Comme un attroupement d'hirondelles sur un fil, elles gazouillaient tous les commérages du village. Parfois elles enlevaient leur chignon pour laver leurs cheveux longs jusqu'à leurs fesses.

On se dirige vers « la Pomponnette » où j'ai vécu de douze à quatorze ans. L'ancienne route ne sert plus. Nous sommes sur une voie express qui la longe. A un rond-point, un panneau indique encore le lieu-dit. Pas facile de retrouver l'endroit après toutes ces années, surtout qu'il n'y a plus aucune trace du bidonville. La Pomponnette reste un quartier de seigneurs comme du temps des marquis, avec des villas grandes comme des châteaux, éparpillées dans la forêt. « Avenue de l'enfer », nous faisons demi-tour. « Route de Villevaudé ». On se croirait dans une course au trésor, mais c'est un autre trésor que je cherche. Tout d'un coup, sur une petite place, je vois deux ruisseaux, à droite et à gauche. Je m'exclame :

– C'est ici ! Je sais que c'est ici.

Devant nous, plusieurs constructions neuves, mais mon cœur serré ne se trompe pas. Près de moi un panneau : « Avenue des Champs-Élysées ». Je reconnais certaines maisons. Je ne sais plus laquelle est celle du grand chien des Pyrénées qui mesurait au moins deux mètres quand il mettait sa grosse patte sur la grille.

Je me revois, avec ma mère, mes frères et ma petite sœur dans l'auto du pasteur, le jour où nous avons quitté notre maison d'Annet-sur-Marne. Le chemin se rétrécit et débouche sur une vaste clairière. J'y vois des baraquements délabrés. La voiture s'arrête. Arrivé avant nous, Walter nous fait signe devant une baraque carrée, indiquant que c'est bien ici que nous allons habiter. Jamais on aurait imaginé que c'était dans ce genre de poulailler, deux pièces en carreaux de plâtre, que nous allions devoir vivre.

– Vous vous moquez de nous ! a dit ma mère au pasteur.

– C'est tout ce que nous avons pu vous trouver, a-t-il répondu, embarrassé, pressé de partir comme s'il avait des vers aux fesses.

– *Mein Gott!* ajouta ma mère, dépitée.

En sortant de la belle voiture noire du pasteur, parmi les enfants autour de nous, certains petits s'approchent, main tendue, réclamant des bonbons. Au lieu de répondre, je regarde mes vêtements, puis les leurs, sans pouvoir m'empêcher de comparer. Eux, sales, crasseux même ; moi, habillé en propre, petit béret basque, belle chemise. Ma mère ne pensait pas qu'on arriverait dans un endroit pareil. Je vois ses yeux, son regard terrible. Elle se tient la tête à deux mains :

– Mes enfants… Où sommes-nous ?

Le pain de l'homme noir

Ce soir-là, comme souvent, c'est à moi qu'elle demande :

– Va voir s'il y a une boutique pour acheter du pain. Et fais attention à toi.

– J'en ai marre ! C'est toujours moi.

Ma mère s'approche et lève la main.

– Ne réponds pas comme ça, ou tu prends une claque ! Walter n'est pas là. Peter travaille. Georges est à son centre d'apprentissage. Le plus grand ici, c'est toi. C'est quand même pas tes petits frères ou ta sœur qui vont pouvoir y aller.

Devant sa colère, je ne dis plus rien. Je sors. Il commence à faire noir. Je me renseigne. Pas de boutique. Je me dépêche de revenir. Ma mère s'est radoucie.

– Tu veux que j'aille demander ailleurs ?

– Essaie, mon petit Bernd.

Elle semble perdue. Dans cette nuit sans lumière, pas rassuré, je vais frapper à la baraque d'en face.

– Je suis désolée, j'ai plus de pain, me dit la voisine, mégot en bouche, ratatinée dans sa robe. Essaie de voir plus loin, mon garçon.

Hésitant, j'avance dans l'obscurité de ce monde que je ne connais pas, vers une autre cabane.

Première porte, je cogne. Un monsieur vient m'ouvrir. Je recule d'un pas, saisi. Il est tout noir de peau. C'est la première fois que je suis devant un homme qui n'est pas blanc. J'en avais déjà vu dans les livres d'école, mais face à face, jamais. A Annet, au cinéma, j'avais même vu des dessins animés où des noirs faisaient cuire des blancs dans des grandes marmites. Je n'étais pas rassuré.

– Bonjour petit. Qu'est-ce que tu veux ? me demande gentiment l'homme de couleur. Tu es nouveau. Tu as besoin de quelque chose, mon garçon ?

Je bafouille :

– Oui… On vient d'arriver dans le camp, et… ma mère n'a pas de pain.

Je n'ose plus demander.

– Reste pas devant la porte, petit. Entre.

Quand il met sa main sur mon épaule, je me raidis.

– Non, non, je reste ici.

– N'aie pas peur. Je ne vais pas te manger !

De son grand sourire, je ne vois que ses dents.

La femme qui arrive derrière lui est blanche. Près d'elle, une fille de mon âge. Rassuré, j'entre. Dans la baraque, un vieux canapé dans un coin, des meubles usés, deux trois matelas par terre sur lesquels deux enfants sont déjà couchés.

L'homme qui m'a ouvert demande à la mère :

– Est-ce que tu aurais un pain à leur donner ?

Cette femme assez maigre, avec les cheveux en queue de cheval, a une façon chaleureuse de m'accueillir bien différente de celles de certains habitants d'Annet-sur-Marne.

– Je vais voir, dit-elle, traînant un peu les pieds.

Les trois enfants m'observent sans rien dire jusqu'à ce que leur mère revienne avec un demi-pain.

– C'est tout ce que j'ai, dit-elle, comme pour s'excuser. Tu n'es pas le premier à venir.

Seule la fille la plus grande, très jolie, garde les yeux fixés sur moi.

Content d'avoir du pain, je les quitte en promettant :

– On vous le rendra demain. Merci.

– Quand tu pourras… répond la femme, avant de fermer la porte.

Sur le chemin du retour, je repense à cette famille, si différente de la mienne. J'avais le sentiment d'être entré dans un monde irréel. Quand j'arrive, Henri, Victor et Hélène sont en train de manger leur soupe. Ma mère :

– Tu l'as trouvé où, ce pain ?

– Chez des gens, un monsieur noir. Ils habitent à l'autre bout.

– Ils s'appellent comment ? demande Peter qui revient juste de son travail.

Ce n'est que plus tard que je connaîtrai leur nom : Lougou. Mon premier soir dans ce lieu étrange, je ne savais pas qu'il serait suivi de milliers d'autres. Je commence à comprendre où on est tombés...

Les jambes de la maîtresse

Pour nous rendre à l'école, il fallait marcher cinq kilomètres, deux fois par jour. Tout un troupeau de gamins de six à treize ans, d'abord à travers un bois de bouleaux et de chênes, puis sur le bord d'une route dangereuse, les plus grands tenant la main des petits, parfois la nuit et dans le froid. Quand on avait de quoi acheter des bons, on mangeait à la cantine le midi, sinon, un petit casse-croûte sur place.

Je me souviens de notre belle maîtresse. Au début je m'efforçais d'être sage pour gagner des bons points. Dix bons points équivalaient à un bonbon, ce qui donnait le droit de nous approcher de son sourire, pour le recevoir de sa main. Autre moyen pour l'approcher : les bêtises, qui avaient pour conséquence de se retrouver « puni » au pied de son bureau, l'endroit idéal pour voir ses jolies jambes.

Le docteur

Un soir, en revenant de chez Lougou, j'ai croisé la voisine qui sortait de chez nous. Attristée, elle me dit :

– Mon pauvre petit, votre maman est bien malade…

Je me dépêche de rentrer. Mon frère Peter me houspille :

– Où tu traînais encore ? Maman n'est pas bien. File appeler un médecin.

– Mais où ?

– File ! Demande à la voisine.

C'est ce que je fais.

– Un médecin ? Va voir au bureau, mon petit, ils ont un téléphone.

J'y cours. Je frappe. Personne. Je tape plus fort, toujours rien. Je reviens chez moi, angoissé.

– Ça ne répond pas.

Mon frère :

– C'est pas possible ! Il faut un médecin. Tu repars et tu demandes ailleurs.

Je retourne chez la voisine. Elle est là depuis plus longtemps que nous.

– Vous ne savez pas où je peux trouver le gardien ?

– Ah non… A cette heure, il doit cuver quelque part, mais te dire où ?…

Je tourne partout dans le camp pour revenir bredouille. Mon frère :

– Alors ? Alors ! Il vient ce docteur ?

– J'ai trouvé personne. Il n'y a qu'un seul téléphone dans le camp, chez le gardien, mais lui n'est pas là.

Je me dis : « Si ma mère meurt, celui-là, je le tue. » J'essaie à une baraque plus loin.

– Est-ce que vous avez vu le gardien ?

– Pourquoi ?

– Ma mère est très malade, il lui faut un docteur, je vous en prie !

– On l'a pas vu, mais tu pourrais demander à la maison, là-bas, où il y a de la lumière. Ils ont aussi un téléphone.

Je cours contre le vent glacial, tremblant de froid, mais surtout de peur de ne pas trouver le médecin. Devant une grande maison, pas très loin du camp, je sonne au portail. Une sorte d'ours me fonce dessus. Ses aboiements graves et rauques me dressent les cheveux sur la tête. Je rêve ou quoi ? Je m'écarte de la grille, fermée heureusement.

On voit mal avec la nuit. Alertée par les aboiements, sur le perron qui s'allume, une femme en robe de chambre vient d'apparaître. Cette fois, je vois le chien, grand comme un ours.

– Couché ! couché ! crie la femme.

Elle m'aperçoit.

– Qu'est-ce que tu veux, mon garçon ?

– Madame, s'il vous plaît, est-ce que vous pourriez téléphoner au docteur ? Ma mère est très malade. Et le gardien du camp n'est pas là.

D'abord, la femme se montre intraitable.

– Je ne téléphone plus pour personne du camp. On n'arrête pas de voler mes poules.

– Mais nous, on vient d'arriver, madame. Et ma mère est malade du cœur. S'il vous plaît… Je vous en prie !

– Écoute, mon petit. Puisque tu es nouveau, et que tu me le demandes poliment, pour cette fois je veux bien. J'espère qu'après, tu ne feras pas comme les autres.

Elle me demande quel numéro elle doit indiquer au docteur. Je ne savais même pas que les maisons pouvaient avoir un numéro. Je dis mon nom et j'ajoute :

– Je l'attendrai en haut de la côte, à l'entrée du

camp.

Je la remercie. Soulagé, je repars chez moi en courant.

Mes petits frères et ma sœur pleurent d'inquiétude.

– Faut que j'aille le guetter.

– File, me dit Peter.

Enfin, j'aperçois des phares. J'avance à grands signes. La voiture s'arrête.

– Vous êtes le docteur ?

– Oui.

– C'est par là.

Avant d'arriver à la porte, mon frère a déjà ouvert. Il guide le médecin dans la chambre où ma mère est couchée. Mon grand frère me dit de rester dans l'autre pièce. Il ferme la porte pour finalement revenir deux minutes après.

– Pourquoi tu n'es pas resté ?

– Le docteur m'a demandé de partir, dit-il à voix basse.

On s'est assis, essayant de calmer Victor, Henri et Hélène qui pleuraient. Mon frère avait préparé de la soupe, mais ça ne passait pas. On avait tous peur. Je me suis mis à penser à tout ce qui pourrait arriver si notre mère mourait. C'était angoissant d'attendre. Je sentais qu'un papa me manquait pour nous protéger.

Au bout d'un moment, le docteur est sorti de la chambre. Il a appelé mon frère. Ils ont parlé, à part. En écrivant son ordonnance, le médecin nous a regardés un peu gêné, émerveillé aussi de nous voir tous là, autour de la table, à la fois tristes et soulagés.

Peter lui demande :

– Ils sont chers, les médicaments ?

– Pas trop, répond le médecin, rassurant.

– Combien on vous doit, docteur ?

– Rien…

Il a très bien compris notre situation

– Mais si ! C'est normal qu'on vous paie.

Alors qu'il allait sortir, il pose sa serviette et saisit des deux mains les bras de Peter.

– Allez vite chercher ses médicaments. On verra ça plus tard.

J'ouvre la porte. En sortant, il nous recommande de bien soigner notre mère. Je le raccompagne à la voiture.

– Surtout, si vous avez besoin de moi, n'hésitez pas à m'appeler.

A peine est-il parti, Peter prend sa moto, une vieille Puch couleur vert militaire.

– Occupe-toi bien de maman et de tout le monde, en attendant Walter. Je vais chez le pharmacien de garde.

Aussitôt je rejoins ma mère dans la chambre. Elle m'embrasse. Son visage est mouillé. Sa voix est faible.

– Que Dieu me garde en vie, pour vous mes enfants.

Sans trop la brusquer, je dis :

–Tu sais, Oma, (c'est comme ça qu'on appelait ma mère) papa est mort pendant la guerre. En arrivant en France, Diogène s'est mis à nous battre. Tu t'es retrouvée toute seule avec nous. Depuis qu'on est arrivés ici, les gens nous ont tous laissé tomber, à part ce docteur et quelques autres. C'est ça qui t'a rendue malade. Alors, comment veux-tu que je croie encore en Dieu ?

– Ne dis pas ça, Bernd. Tant de gens sont plus malheureux que nous et, malgré tout, ils croient... Il faut que tu croies, mon fils. Un jour quelqu'un viendra.

Quand il n'y a plus de père dans une famille, avec qui la mère peut-elle dialoguer, si ce n'est avec ses enfants ? C'est ce qui se passait chez nous. Ma mère continue :

– Maintenant, tu vas rejoindre tes frères et sœur, vous allez manger et vous coucher. Mais n'oublie pas de leur dire ce que je viens de t'expliquer. N'oublie jamais.

Je ferme la porte et je répète aux petits ce que

maman vient de me dire. J'ai obéi en le faisant, mais je n'y croyais plus. Puis Peter est revenu avec les médicaments et nous nous sommes couchés, emplis de crainte, mais aussi d'espoir qu'elle guérisse le plus vite possible.

Quand tu es enfant, tu crois toujours que le lendemain, ça va changer. Or, les choses ne changent pas. Tout remue à l'intérieur de toi et reste bloqué. Pour mes frères et ma sœur, c'était pareil. On ne se rendait pas compte qu'on ne vivait pas une vie d'enfant. C'est pour ça qu'on était mûrs très tôt. Avec les années, tu finis par comprendre. Alors, tu as envie de dire tellement de choses.

Le bulldozer

Rétablie, ma mère allait de temps à autre à Paris nous disant : « Je dois voir Diogène pour les papiers ». Nous savions très bien qu'il y avait autre chose. Même s'ils étaient en instance de divorce, ils s'aimaient encore. Mon beau-père ne vivait plus avec nous, mais il essayait de reconstruire ce qu'il avait détruit. C'est ainsi que Marcelline est née, le 8 avril 1954. Elle s'appelle aussi Langlet, preuve que Diogène l'avait reconnue comme sa fille. Ma mère a quand même voulu que le divorce soit prononcé, parce qu'elle avait peur qu'il redevienne violent envers nous.

A cette époque, autour du camp de la Pomponnette, les propriétaires des villas ont commencé à ne plus nous supporter au milieu d'eux. Ils n'avaient pas dépensé tant d'argent pour subir des vols de poules, du bruit toutes les nuits, des carcasses de voitures abandonnées partout, des rats filant dans les ordures que personne ne ramassait jamais.

Une pétition circula, bientôt suivie de la rumeur qu'Emmaüs allait détruire les baraques et disperser les familles. Entre les gens du bidonville et les propriétaires environnants, la colère montait. Pour calmer le jeu, les responsables du camp vantèrent un nouveau lieu « beaucoup mieux qu'ici », à Noisy-le-Grand, où toutes les familles seraient relogées dignement. Ceux qui acceptaient d'aller là-bas, leur déménagement serait pris en charge. Ceux qui voudraient partir d'eux-mêmes pourraient le faire par leurs propres moyens. Mais dans trois mois au plus tard, la totalité des abris seraient détruits.

Personne n'avait confiance. A part quelques familles parties d'elles-mêmes, les autres comme nous, n'ayant nulle part où aller, sont restées dans l'inquiétude jusqu'au jour où les premières rotations de camions ont commencé, un bulldozer entrant en action au fur et à mesure qu'une famille disparaissait. Debout sur son engin, l'homme écrasait nos maisons, comme s'il ne voyait ni n'entendait les cailloux et les injures que nous, les gamins, on lui lançait. Quand un responsable du camp venait prendre sa défense, on se sentait trahis :

– Tu veux nous faire partir pour être débarrassé, hein !

– Hou ! T'es dans la même gamelle que les autres ! Vendu !

Menaçant, il venait vers nous. On reprenait des pierres, le défiant :

– Va faire ton sale boulot ! Ordure !

Lui qui se croyait lié avec nous se défendait :

– C'est quand même pas ma faute si les gens d'ici ne veulent plus de vous !

Malgré cette révolte, on s'est quand même retrouvés à Noisy, au lieu dit « Château de France ». Et quel château !

II. L’oubli des autres

Le grillage

Les premiers jours à Noisy, dans ce camp en construction, moitié tentes militaires, moitié igloos en tôles, je traînais avec mes copains qui venaient, comme nous, d'arriver de Pomponne. Philippe Lougou, sa grande sœur Chantal, Naudé, la fille Lasman, mon ancienne voisine… Parmi ceux qui nous avaient aidés à nous installer, il y avait aussi Coco Larus, Marco, Féroux et Salier, qui s'est noyé quelques mois plus tard dans la Marne.

J'avais été intrigué par un grand grillage de quatre mètres de haut, au-dessus d'un muret en béton, qui nous séparait d'un hangar et de plusieurs baraquements couverts de tôles ondulées. A l'intérieur, un grondement répété entrecoupé de silences.

– C'est quoi ?

– C'est l'usine à parpaings, me répond Marco.

– Mais le bruit, c'est quoi ?

– La machine qui les fabrique. Viens, on va voir de plus près.

En approchant, j'aperçois des zombies, ni plus ni moins, des hommes au visage marqué, gonflé ou ridé, ou mangé par une barbe n'importe comment. Comme des automates, ils enlèvent les parpaings des machines et vont les empiler sur des palettes. En marchant, quelques-uns tournent la tête vers nous, l'air étrange.

– Pourquoi ils nous regardent comme ça ?

Coco, le plus vieux parmi nous, répond :

– Ils n'ont pas le droit de nous parler.

– Pourquoi ?

– C'est des anciens taulards. Le chef veut pas qu'ils nous parlent.

– Mais il est con ce mec, ils sont comme nous !

– Oui mais, ils ont fait de la prison.

Je me posais la question : entre eux et nous, qui est en prison, puisqu'il y a ce grillage qui nous sépare ?

Tout à coup, de l'autre côté, un type s'amène. Agressif.

– Il ne faut pas rester là !

– Pourquoi ?

– C'est interdit de parler aux ouvriers qui travaillent ici.

C'est tout ce qu'il trouve comme explication.

– On parle pas, on regarde, fait remarquer Coco.

L'air méchant, le type insiste :

– Non et non, il ne faut pas rester ici. Dégagez !

Tout bas, je passe le mot à Chantal :

– Dis aux autres de ramasser des munitions.

– Qu'est-ce que t'as à nous parler comme ça ?!

Les insultes commencent à pleuvoir. De rage, il monte sur le muret et s'accroche au grillage. Les premiers cailloux l'atteignent.

– Attendez que je vous attrape ! Petits merdeux !

Nous reculons de quelques pas. Il ne fait que de monter et descendre du grillage. Un gorille dans un zoo. Il gueule tellement fort, et nous aussi, qu'arrivent une dizaine de gars pour l'aider. Du coup, comme un nuage de frelons, les familles du camp, les femmes, les hommes, les enfants, tout le monde rapplique avec des manches à balais, des bouts de bois, des outils de toutes sortes.

– Si vous tapez nos enfants, vous allez avoir affaire à nous !

Voyant la tournure que prenaient les choses, les autres ont eu peur et ils se sont barrés. Après bien des palabres, les gens du camp ont promis :

– S'ils embêtent encore nos gamins, on envahit l'usine.

Finalement, tout le monde est rentré chez soi. Mais nous, on s'est juré, qu'avec tout ce qu'on lancerait sur leur toit, ils ne dormiraient pas de la nuit. Sans ce mec venu nous crier dessus, rien ne serait arrivé.

A partir de là, entre l'usine à parpaings et nous, la guerre froide a commencé.

L'igloo avec des roues

Peter travaillait. Walter vivait chez sa copine, Georges en pension. Premier jour à Noisy, toujours le même refrain :

– Tu prends trois pains, deux kilos de pommes de terre, des bougies et du lait.

Ma mère me donne un papier, un crayon, et ajoute, en allemand :

– Écris, sinon tu vas encore en oublier la moitié.

– Mais c'est où l'épicerie ?

– Comment veux-tu que je le sache ? Va demander !

Dehors, je rencontre une fille un peu plus petite que moi.

– Tu pourrais me dire où on fait les courses ?

– Au bout, là-bas, tu verras, y a un igloo avec des roues. C'est là.

J'arrive devant une roulotte ancienne, toute verte, avec le toit rond, et des bandes rouges tout le tour. En haut des marches, au-dessus de la porte, peint en lettres déformées : « Épicerie ». Aujourd'hui, ce serait un charme de voir ça, alors qu'à l'époque, c'était la misère. Ça m'a rappelé Annet-sur-Marne. Souvent, les gens du cirque et ceux qui vendaient des paniers avaient des roulottes pareilles. Mais on nous disait de ne pas les fréquenter : « Ces gens-là, ce sont des voleurs d'enfants ! » J'en rigole, maintenant. Mais sur le moment, j'hésitais : « J'y monte, j'y monte pas ? » Allez, j'y vais.

Dedans, une femme me regarde approcher, une robe à rayures vertes et blanches lui couvre les chevilles. Un tablier, avec une poche devant, lui serre la taille. Son allure très simple me met en confiance.

– Tu veux quelque chose, mon garçon ?

– Oui madame.

Je lui tends ma liste. Tout en me servant, elle m'interroge :

– Tu es nouveau ici ?

– Oui. On vient de Pomponne.

Elle fait remarquer :

– Il y a déjà plusieurs familles qui viennent de là-bas. Tu t'appelles comment ?

– Bernard.

– Bernard comment ?

– Jährling.

– C'est pas français, ça.

– Non, c'est allemand.

Elle hoche la tête, bouche entrouverte.

– Vous n'êtes pas tout seuls. Il y a beaucoup d'étrangers dans le camp.

Pendant qu'elle parlotte, j'observe l'intérieur de la « boutique ». Quelques boîtes de conserve, haricots, petits pois, des cageots de légumes, des œufs, du pain, du lait, deux pots en verre emplis de friandises, un carton de bougies en boîte vendues à l'unité. Ma liste dépasse le billet de cinq cents anciens francs que j'ai en main. Elle le voit bien.

– C'est pas grave, dit-elle. Tu me paieras après. C'est tout ce que tu veux ?

En fixant les chewing-gums, je réponds :

– Oui madame.

Soudain, un homme entre dans la roulotte. Grand, sec, les cheveux collés en arrière, les yeux très noirs, le visage mat et ridé d'un homme qui a vécu. Il s'assoit au fond et commence à engueuler la dame. Ça n'a pas l'air de lui faire grand-chose, à l'épicière.

– N'aie pas peur, petit, c'est mon mari. J'ai oublié d'acheter des carottes au maraîcher, c'est pour ça qu'il crie.

Je regarde. Effectivement, dans les cageots, je n'en vois pas. Le monsieur se lève et dit à sa femme :

– Tu te rends compte ! Oublier les carottes. Avec les patates, les gens d'ici, c'est ce qu'ils mangent le plus !

Quand il me remarque, sa colère s'apaise. Il dit :

– Tu veux un bonbon, mon garçon ? comme s'il avait besoin de se faire pardonner.

Je n'ose pas dire oui. Il me présente le pot.

– Prends ce que tu veux, insiste la dame.

Je sors un chewing-gum du récipient.

– Prends-en plusieurs.

J'en tire trois, les remercie tous les deux et je rentre chez moi.

En chemin, je rencontre un copain. Me voyant mâchonner, il me dit :

– T'en n'as pas un pour moi ?

Je lui donne un chewing-gum, faisant remarquer :

– Ils sont gentils, ceux de la roulotte.

– Ils sont comme nous, dit l'autre.

– Oui mais… ils ont une épicerie. En plus, ils ne nous volent pas. Et ils font crédit… Comment ils s'appellent, déjà ?

– Jhoubi.

– C'est pas français.

– Non, c'est arabe. La femme est française.

Après quelques années, à force de faire crédit à tout le monde, les Jhoubi ont fait faillite. Pour ma famille, comme pour beaucoup, c'était terrible. Où trouver de quoi manger si on ne nous faisait plus crédit ? D'autres commerçants les ont remplacés, mais ce n'était plus pareil. Les Jhoubi sont restés à proximité du camp dans une petite maisonnette au milieu des bois. Avec leurs enfants, nous les avons toujours considérés comme des nôtres.

Un filet d'eau

Le manger était un problème, l'eau aussi. Quand arrivait l'hiver, autour de la pompe, ça tournait au calvaire. L'eau était souvent gelée. Malgré tout, c'était un lieu de rencontre entre les gens du camp. Les femmes y pipeautaient. Les jeunes y draguaient... Souvent, j'y retrouvais mon copain Philippe Lougou. En tournant la manivelle, c'était l'occasion de lui demander où était sa sœur Chantal, une des premières filles que j'ai fréquentées... Déjà je l'avais remarquée à Pomponne ; elle était mignonne, assez grande. Son autre sœur était belle aussi. Je chargeais Philippe de mes messages : « Tu diras à ta frangine que je l'attends à tel endroit ». Il comprenait. C'était mon pote.

Parfois, aux fontaines, coulait juste un petit filet d'eau. A force, c'était fatigant de pomper, alors on se relayait. Une fois rempli mon broc, c'était au tour de Philippe. Dans le camp, de dix pompes au départ, il n'en restait que trois. Et toujours cette même hantise : est-ce que l'eau va sortir ? Quand elle ne sortait plus, c'était la bagarre entre ceux qui avaient pu s'approvisionner et les autres. Ceux qui n'avaient plus d'eau allaient faire la queue devant une maisonnette à l'entrée du camp. Sortie d'un conte de fées, entourée d'un jardin avec des nains, elle appartenait à une vieille dame courbée, toute frêle, au visage à peine ridé. Elle acceptait d'offrir son eau à tous. Ceux qui pouvaient lui donnaient la pièce, mais elle ne demandait rien. Jamais je n'oublierai cette femme.

Jamais je n'oublierai les disputes non plus.

Les cris

Pas loin de chez moi, le cri perçant d'une femme « Au secours ! au secours ! », puis la voix rauque d'un homme qui vomit des insultes, des meubles qui se renversent dans un fracas de vaisselle, une vitre qui explose, une chaise qui vole hors d'un igloo et des enfants qui pleurent : « Maman, papa, arrêtez ! arrêtez ! »

Tout de suite, j'accours, comme plein d'autres. Dans l'attroupement, je revois mon beau-père quand il tapait sur nous et sur ma mère à Annet-sur-Marne. Cette voix d'homme, ces cris de femme ont réveillé ma peur. Je rentre à toute vitesse. Je tire ma mère par le bras :

– Oma ! Oma !

Elle aussi a entendu les cris. Elle laisse sa cuisine, dit vite à Henri, mon frère plus jeune, de garder les petits, et me suit. Sur place, des femmes et des enfants, surtout ; quelques vieux aussi. Personne n'ose intervenir. Ma mère s'avance jusqu'à la clôture.

– Vous n’avez pas honte de taper une femme !

Menaçant, le bonhomme ouvre sa porte :

– Qu’est-ce que ça peut te foutre ! Va faire ta vaisselle ! Salope !

Protégeant leurs petits, plusieurs femmes lui lancent :

– Espèce de sans couilles ! T’as pas honte !

Avec mes copains, nous crions aussi :

– T’es fort avec une femme !

– T’aurais un homme en face de toi, tu dirais plus la même chose !

– Fais gaffe, Oma.

J’ai peur pour elle. Voilà qu’il s’avance, un manche de pioche en main.

– Foutez le camp, sinon vous allez prendre des coups !

De plus en plus en colère, maman crie avec les autres :

– Tu vas t’attaquer aux femmes et aux gamins, maintenant !

Et moi je vois rouge :

– Tu touches à ma mère, je te défonce !

La pierre que j’ai en main, je suis prêt à la lui jeter en pleine tête.

Enragé, il veut m’en mettre une.

C’est là qu’un voisin arrive en courant et se jette entre nous deux. Alors que le type lève son bâton sur moi, l'autre l'attrape par le cou, direct.

– Taper des enfants et des femmes, t'es qu'un lâche !

Ils s'empoignent, se roulent par terre. Impossible de les séparer. Mon voisin lui écrase la tête dans la poussière. C'est alors que la femme battue sort, ses enfants autour d'elle.

– Arrêtez ! arrêtez !... Si vous frappez mon mari, qui va donner à manger à mes enfants une fois qu'il sera à l'hôpital ?

Chacun finit par lâcher prise, habits déchirés, l'un le nez coupé, l'autre griffé au torse, le visage défoncé, des prunes autour des yeux.

– Si tu recommences, prévient le voisin, on te fera pas de cadeau.

Alors que tout le monde s'éparpille, ma mère le remercie.

– Normal, dit-il. Question d'honneur.

En rentrant à la maison, elle me félicite :

– Je suis fière de toi, Bernd, pour tout à l'heure...

J'étais un peu son chouchou, parce j'étais le dernier né de son premier mari.

Alors qu'elle me parlait, je me disais : « C'est malin de l'avoir entraînée dans cette bagarre, avec son cœur malade... » D'un autre côté, si je n'étais pas venu la chercher, même avec une seule moitié de cœur, elle se serait traînée pour venir défendre cette femme et ses enfants, alors…

Et cette mère qui défend son homme après les coups qu'elle vient de prendre… La vie que je découvre peu à peu me durcit.

Don Quichotte

La violence était quotidienne au camp, comme une volonté de ne pas se laisser faire. Quelqu'un de chez nous est dans la merde, ses enfants sont menacés, on le défend, c'est tout. Mais le plus souvent, par ignorance, les autres ne voient dans cette sorte de rage que des raisons supplémentaires pour mépriser les pauvres.

Je revois M. Dekuit sur son tricycle, une vieille moto de la Poste. Un midi, il s'arrête devant le bureau des responsables du camp, des gens pas toujours compétents ni respectueux envers nous et envers l'Abbé Pierre. Certains sortaient à peine d'une espèce de léthargie suite à la guerre où ils avaient tout perdu. Quelques-uns même voulaient imposer à tout le monde leur façon de faire. Nous, on ne supportait pas, M. Dekuit encore moins. Il commence à hurler toutes sortes de mots à ceux qui sont à l'intérieur :

– Sortez si vous êtes des hommes ! Ah ! vous voulez faire enlever mes enfants ! Vous ne comprendrez jamais. Moi vivant, personne ne les prendra, mes enfants !

Ceux de l'intérieur n'osent pas se montrer. Du coup, il remonte sur sa moto, la met en marche et fonce directement dans la porte. Il la casse à moitié. Quelques-uns sortent. Parmi eux, un homme crie :

– Si tu continues, on appelle les flics !

Dekuit répond :

– Tu me fais pas peur ! T'es juste bon à faire enlever les mômes !

Puis il se tourne vers nous.

– Les gars, je vous prends à témoin. Regardez bien ce vendu. Il m'a trompé, il vous trompera aussi !

Sans chercher plus à comprendre, nous lui donnons raison. D'autres sortent du bureau. Alors Dekuit s'éloigne en promettant de revenir. Comme toujours, le désordre a provoqué un attroupement. Regard fuyant, un de ceux du bureau dit : « Il est encore bourré ! »

De nouveau, on entend le bruit du moteur et le tricycle revient, M. Dekuit dessus, brandissant un fleuret comme Don Quichotte. Ceux qui étaient sortis rentrent à toute vitesse à l'intérieur, comme des petits lapins dans leur terrier. Lui commence à cogner dans ce qui reste de la porte. Soudain des enfants crient : « Les flics ! les flics ! Ils sont en haut de la rue ! » Dekuit s'en moque. En voyant la police, les autres ressortent, se sentant maintenant les plus forts.

– Tiens ! Vous avez récupéré vos couilles ! lance Dekuit.

Les policiers veulent l'embarquer. Nous faisons barrage.

– Ne vous inquiétez pas, dit le gradé, on va le relâcher tout de suite, c'est juste pour le calmer.

Alors on s'écarte. Aussitôt, des mères envoient leur bonhomme chez Dekuit : « Il faut protéger sa femme. Les coyotes pourraient revenir enlever ses mômes. »

Après le départ de la police, on a commencé à siffler, à huer les types à l'intérieur du bureau. Ce n'était pas la première fois qu'ils faisaient des coups pareils. On se demandait s'ils étaient là pour nous aider ou pour nous enterrer. A cause de ça, plein de familles n'envoyaient plus leurs enfants à l'école, de peur qu'ils se fassent enlever. Pendant longtemps, nous, les jeunes, avons empêché ceux du bureau de dormir, en jetant des caillasses sur leur toit à cause de ce qui, pour nous, était une trahison. Après cette histoire, certains responsables sont partis. D'autres sont venus, essayant tant bien que mal de rétablir la confiance.

Tombé du ciel

Assis, adossé au socle de la Sainte Vierge qui domine le camp, tout se brouille dans ma tête. Pourquoi des hommes essaient d'enlever des enfants, font souffrir des mères ? Pourquoi l'argent, comme l'espoir, nous échappe toujours ? J'en ai marre de cette vie dans la boue, marre de voir ces femmes qui passent leur temps à supplier le ciel, marre de ces bagarres, marre de cette honte. Il faut que je trouve une solution.

La pluie qui mouille mon visage me ramène à la réalité. Il commence à faire nuit. En rentrant, ma mère m'attend sur le pas de la porte.

– Où tu étais encore en train de traîner ?

– Je pensais…

– Au lieu de penser, tu ferais mieux d'aller chercher du pain. J'ai rien à donner à ton frère pour demain. Et il n'y a plus de lait pour tes sœurs.

Mon frère travaillait depuis quelques jours et

n’avait encore rien touché.

– Tu me donnes des sous ?

– J’ai plus rien. Va voir les voisins. Demande s’ils n’ont pas un petit billet à nous prêter.

– Ras-le-bol de ne pas avoir d’argent ! Moi aussi, je veux travailler.

– Trouve déjà pour ce soir !

Je vais en face chez la famille Buttas. Parfois, ils nous dépannent. Cette fois-ci, ils ne peuvent pas. J’essaye de trouver ailleurs. Je demande à plusieurs familles. En vain.

« Il faut que mes sœurs mangent, il faut que mes frères mangent. Je dois ramener du pain. »

Il pleut de plus en plus. Je suis trempé maintenant. Je descends quand même en ville, décidé à voler. J’arrive à la pointe de Gournay. Devant les lumières de la boulangerie, j’hésite. A cette période-là, si quelqu’un du camp se faisait piquer, il s’en prenait un maximum.

Même si je n’y crois plus, en moi-même, je dis les mots que je ne veux plus dire : « Seigneur, aide-moi. » Au même instant, derrière moi, une voiture m’arrose complètement le dos. Je me retourne pour l’insulter. Elle s’éloigne dans la nuit. Et là, éclairé par la vitrine, je remarque dans le caniveau un papier qui a une forme et une couleur que je reconnais d’instinct. Je plonge dessus, sans m'occuper de la flotte, ni des voitures qui passent au ras du trottoir. A plat ventre dans le caniveau, je tends le bras et je l'attrape avant qu'il disparaisse dans l'égout. Un billet de cinq cents !

En me remettant debout, je relève ma veste, mes pulls, et je trouve un coin à peu près sec de mon maillot de corps pour essuyer le précieux billet. Et là, comme le curé d'Annet le faisait souvent pendant sa messe, me voilà comme lui, levant la tête et les deux mains, recevant l'eau bénite de la pluie, disant ses mots : « Merci Seigneur ! ». J'entre dans la boulangerie, je demande six baguettes, tout heureux de les payer avec ce billet tombé du ciel. En sortant, je vais acheter des pommes de terre, des œufs, du lait, des bougies. Me voyant arriver, ma mère me questionne, soupçonneuse :

– T'as eu ça où ?

– C'est Dieu qui me l'a donné.

– Tu te fous de moi !

Je lui raconte ce qui s'est passé. Elle ne veut pas me croire.

– Dis plutôt que tu l'as volé !

– Mais non ! arrête !

– Alors, jure-le sur la tête de tes frères et sœurs.

– Je le jure. Tu dis tout le temps que Dieu existe et quand il fait un miracle…

C'était vraiment ça parce que sinon j'allais en taule.

Rassurée, elle a préparé le manger et rempli la gamelle de mon frère. Cette fois-là, nous nous sommes couchés le ventre plein.

Je savais bien qu'il ne fallait pas espérer tous les jours un miracle, et que demander sans arrêt à droite et à gauche, ce n'était pas une solution. Une idée m'est venue :

– Oma, tu sais, le monsieur chauve qui s'y connaît pour les papiers…

– M. Aparicio ? Ah oui, il pourrait te conseiller pour trouver du travail.

Monsieur Aparicio

Souvent je passais devant l'habitation de cette famille de réfugiés espagnols, arrivés dans les premiers, à l'époque des tentes. Et j'y voyais toujours une tribu de gamins qui rentraient, qui sortaient. Ce matin-là, comme par hasard, il n'y avait personne dehors. J'ai frappé. C'est une jeune femme qui m'a ouvert. Je la connaissais, elle s'appelait Mathilde et s'occupait beaucoup des tout-petits du camp.

A l'intérieur, quel étonnement ! Des enfants

partout. Et ça parlait comme des mitraillettes. Le père, M. Aparicio, était assis dans un fauteuil. Il lisait son journal. Quand je me suis présenté poliment, il s'est levé. Un homme assez petit, trapu, peu de cheveux sur la tête.

– Qu'est-ce qui t'amène, mon garçon ?

Je lui explique mes difficultés pour trouver du travail. Il commence à m'indiquer les démarches à faire. Tout d'un coup, ça cogne très fort à la porte. Mathilde, qui m'a ouvert, va voir. C'est une fillette en larmes, paniquée.

– S'il vous plaît, s'il vous plaît, est-ce que votre père peut venir ? La police veut embarquer mon papa.

Calmement, M. Aparicio me dit :

– Excuse, mon gars, mais faut que j'y aille.

Je le suis dans les allées du camp. Près du fourgon de police, j'aperçois les agents qui tirent un homme par le bras. Sa femme s'agrippe à lui, ses enfants aussi. Et tout le monde crie. Mes entrailles m'oppressent. Je suis prêt à bondir. M. Aparicio me retient par l'épaule.

– Fais pas le con. Attends…

Il s'avance vers les policiers et commence à leur parler, d'une telle manière que, peu à peu, le calme revient. Les voilà qui rentrent parlementer dans l'igloo. Nous restons dehors, prêts à tout, ramassant des pierres à tout hasard. Finalement, ils ressortent. Le chef met la main à son képi, pour saluer M. Aparicio, avant de remonter dans le fourgon avec ses hommes, sans embarquer le gars. J'attends que les gens se dispersent pour lui demander comment il a fait.

– Tu sais, mon garçon, m'explique M. Aparicio, suffit quelquefois de pas grand-chose. J'ai juste dit que, cet homme, je m'en portais garant.

Combien de fois a-t-il ainsi apporté sa sagesse aux gens du camp ?

Dix sacs.

N'empêche que j'avais besoin de pognon. Pas seulement pour manger. Un jeune, ça veut aller au cinéma, découvrir le monde, sortir de là en tout cas... Un jour, je croise Naudé, Naudé la fouine comme on l'appelait, parce qu'il était au courant de tout.

– Si tu veux gagner du fric, y a un pécore qui embauche pour ramasser des patates.

Aussitôt, avec lui et d'autres, nous partons en direction du champ où plein de gens du camp sont déjà à pied d'œuvre.

– A qui faut s'adresser ?

Naudé me montre du doigt le tracteur à l'autre bout du terrain.

Nous courons demander à celui qui conduit :

– Monsieur ! C'est vrai que vous embauchez ?

Il s'arrête une seconde et se penche vers nous :

– Non, pas aujourd'hui. Demain à sept heures, peut-être, s'il manque du monde.

En repartant, nous regardons ceux qui travaillent, espérant pouvoir bientôt rapporter comme eux de l'argent à la maison. Au passage, nous remplissons nos poches de patates.

*

– C'est bien, mon fils, me dit ma mère.

Elle ne savait pas dire des grands mots. Mais je voyais qu'elle était heureuse, pas pour les quelques pommes de terre que je lui apportais, mais pour le travail que j'allais peut-être avoir. Bien sûr, elle aurait préféré que j'aie de l'instruction, que j'aille à l'école jusqu'à seize ans, mais c'était tellement important pour moi de ramener du fric. Pendant ce temps-là, au moins, elle savait que je ne ferais pas de bêtises. Toute la journée, je n'ai plus pensé qu'à ça. Ça m'a chamboulé complètement.

Le soir, à table, j'étais électrique.

– Mange doucement, me dit maman.
– Tu deviens un grand garçon, me charrie mon frère Peter.

A Annet-sur-Marne, on allait parfois couper et biner les betteraves pour aider mon beau-père. Mais cette fois-ci, j'aurai une paie. Ce sera mon baptême du travail.

★

Le lendemain, à l'heure où le merle relève le hibou, plusieurs attendaient déjà dans la brume au bord du champ. Le patron arrive, descend de son tracteur : « Bonjour ! » Il monte dans le chariot, nous jette des sacs. « Toi, toi, toi et toi, vous en prenez dix chacun ». Il me désigne du doigt : « Toi aussi, je te prends ». J'ai frissonné de joie mais je ne l'ai pas montré : certains de mes copains n'avaient pas été pris. « Maintenant, choisissez une bande de terrain. » Il s'en va au bout du champ et revient avec le tracteur. Derrière sa machine, les patates sautent en l'air. J'attends avec impatience qu'il arrive à ma hauteur. Puis je me dépêche de ramasser et de mettre en sac, avant que le tracteur revienne. Une fois tous mes sacs remplis, je demande au patron si je peux en avoir d'autres. « Non, c'est dix sacs le matin, dix sacs l'après-midi. »

On charge la charrette. Quand elle est pleine, il note les sacs que chacun a remplis sur une fiche. Puis il part en disant : « A cet après-midi ».

Le midi, je mange à toute vitesse et je repars au champ. Avec les autres, nous attendons. Pas de tracteur. Pas de patron non plus. Finalement, il arrive, mais en voiture. « Pas de ramassage cet après-midi. Pour demain, il me faut dix personnes, ceux qui sont déjà ici depuis plusieurs jours. » Là, j'ai compris que, pour moi, les patates, c'était fini.

Quel empaffé ! Nous faire venir seulement pour un matin. J'étais très en colère contre tout le monde. « Les autres, je les paie tout de suite », dit-il. Il nous donne ce que nous avons gagné. « Si j'ai encore du travail pour vous, je vous le ferai savoir. »

En rentrant, on avait la rage. Déçu, j'avais appris en une seule matinée que la vie du travail ne nous met à l'abri de rien.

– Déjà ! dit ma mère.

– Quel fumier, ce patron !

– Sois pas grossier, mon fils. Pourquoi tu dis ça ?

– Il a trop de patates. Alors c'est fini, il a plus besoin de nous.

– Ce n'est pas grave. Tu iras une prochaine fois.

– Jamais plus. Il nous prend pour qui ?

– Il n'y peut rien.

– Pourquoi il nous a fait travailler seulement une matinée ?

– Tu as quand même gagné quelque chose.

Honteux, je pose mon peu d'argent sur la table.

– Qu'est-ce qui se passe, mon fils ?

– Je ne supporte pas qu'un chien nous prenne pour des cons.

– Tu sais, ce sera pas la dernière fois… Mais faut pas voir les choses comme ça. Au moins, avec cet argent que tu as gagné, tu vas pouvoir acheter du lait pour tes sœurs et faire des commissions.

La priorité, c'était la nourriture. Du lait et de la semoule pour faire les bouillies de mes petites sœurs. Nous, les grands, les jours où on pouvait, on mangeait des patates avec un peu de saindoux et des oignons, de quoi caler le ventre. Souvent je m'arrêtais devant les restaurants. Parfois j'entrais comme si je cherchais quelqu'un, et l'air de rien, d'un œil de cyclope, j'espionnais ce qu'ils mangeaient, en rêvant de voir un jour, de mes deux yeux, mon assiette aussi pleine.

J'aurais encore voulu gagner de quoi m'acheter

des fringues, pouvoir marcher en ville comme tout le monde, et draguer les filles, comme les gars de mon âge, mais…

III. L'homme à la valise noire

Une présence derrière moi

Dans le camp, on vivait hors du temps. Souvent, on se donnait rendez-vous en face de chez Besnard, l'épicier qui a remplacé Jhoubi, pour jouer au foot. C'était l'été. En 56, je crois. Assis dans l'herbe jaunie, j'attendais mes copains. Soudain, je sens une présence derrière moi. Je me retourne, je vois un bonhomme avec une grande soutane toute noire, et une valise pareil. Je lève les yeux. La douceur de son regard me surprend.

Un peu dégarni du crâne, penché du même côté que sa valise, ce curé me tape un bon coup sur l'épaule :

– Ça va, vieux frère ?

Étonné que quelqu'un que je ne connais pas

m'aborde de cette façon, je lui réponds :

– Ça va.

Et, alors que je me lève, il me demande :

– Est-ce que tu pourrais me dire où se trouve le bureau d'accueil ?

Bras tendu, je lui montre où c'est. Puis, comme j'ai envie de savoir à qui j'ai affaire, je dis :

– Je vous accompagne.

Nous marchons côte à côte. L'observant du coin de l'œil, je vois qu'il balance la tête, regardant autour de lui, et je l'entends qui marmonne :

– C'est pas possible… C'est pas possible.

A l'époque je me méfiais de tout ce qui touchait à la religion, mais cet homme en soutane m'impressionne. Le premier igloo de la rue des Fleurs servait de bureau d'accueil. Je cogne à la porte.

– Entrez !

J'ouvre et je me recule pour le laisser passer. Il insiste pour que j'entre avant lui.

– Non, non, non. Après vous, monsieur le curé.

L'homme du bureau, pipe à la bouche, lunettes au bout du nez, serre la main au prêtre qui se présente :

– Je suis l'abbé Joseph Wresinski, le nouvel aumônier.

C'était la première fois que j'entendais ce nom.

Il faisait froid, très froid. Une fois de plus, ma mère m'envoie chercher du bois. Je me dirige vers la forêt. Un grand grillage empêche de rentrer, mais par endroits, il y a des gros trous par où les gens du camp se faufilent pour ramasser les branches. Je franchis quelques dizaines de mètres à l'intérieur, et je commence à faire des fagots que j'attache avec des bouts de ficelle.

J'avais fait quatre ou cinq paquets, et j'allais m'en aller quand soudain :

– Hé là ! Hé là ! Hé là !

Je me retourne. Je vois un homme en vert, fusil sur l'épaule, casquette et grandes bottes. Il tient en laisse un chien berger allemand.

– Qu'est-ce que tu fais ici, toi ?

– Je ramasse du bois mort…

Soupçonneux, il me dit :

– C'est pas toi qui coupe les arbres ?

– Avec quoi ?

Je montre mes mains vides.

– On n'a pas le droit de prendre du bois ici. C'est interdit.

– On a besoin de bois pour se chauffer !

– Pas question. Tu le laisses ici et tu dégages. Blitz, mords-le !

Il tient la laisse comme si son chien allait me sauter dessus, mais Blitz ne bouge même pas. Il couine en me regardant comme s'il me comprenait. L'autre retire alors son fusil de l'épaule, menaçant.

– Fous le camp !

Je m'éloigne en le guettant. Puis je me cache dans la broussaille et je l'épie. Quand il se barre, j'attends qu'il ait parcouru une bonne centaine de mètres.

– Ha ! mon salaud, si tu crois que je vais te le laisser !

Ce bois, il nous le fallait absolument. Je cours vite reprendre mes fagots. Une fois le dernier paquet de l'autre côté du grillage, le voilà qui revient. Il épaule son fusil. J'ai juste le temps de me jeter à terre, avant d'entendre les plombs me siffler par-dessus.

Je me relève à toute vitesse, je prends mes fagots et je m'enfuis en criant : « Va te faire foutre, enculé ! »

Arrivé chez moi, tremblant de rage, je raconte l'histoire à ma mère. Elle est effarée que le garde m'ait tiré dessus. Les deux mains sur les tempes, elle me dit :

– Risquer de se faire tuer pour du bois !... Je ne veux plus que tu ailles là-bas, mon fils.

– Et on se chauffera comment ? Faudra que j'y retourne, Oma. Mais t'inquiète pas, je vais appeler mes copains, on va le remettre en place, cet enfoiré !

Elle savait bien, dans ce cas-là, ce que je risquais. Abattue, elle m'a arrêté :

– Ça sert à rien, tu sais bien. Il a la loi pour lui. Il est de l'autre côté du grillage.

Les deux abbés

Fin 1956. Dans le camp, une réunion est annoncée avec l'Abbé Pierre et les gens d'Emmaüs. Dans le bâtiment en bois de l'usine à parpaings, il y a déjà plein de monde quand j'arrive. Et là, sur une estrade, je vois deux prêtres. Je reste au fond, et je demande à une femme à côté de moi :

– Qui c'est, celui avec une barbe ?

– Ben, c'est l'Abbé Pierre !

Moi, je ne savais pas. On me parlait de l'Abbé Pierre, mais je ne l'avais jamais vu. L'autre abbé, je le reconnais, c'est celui que j'avais conduit à l'accueil. A côté d'eux, trois personnes : le responsable de fabrication de l'usine à parpaings, le chef de chantier et le directeur du camp.

L'Abbé Pierre nous présente notre nouvel aumônier, à côté de lui, l'abbé Joseph. Puis il nous explique longuement qu'il ne peut pas rester en permanence à Noisy, car il y a des cités Emmaüs dans toute la région : Pontault-Combaut, Plessis-Trévise, Neuilly-Plaisance, Neuilly-sur-Marne et bien d'autres… Il ajoute que, maintenant, s'il y a des problèmes, il faudra s'adresser à monsieur Fréquin, le directeur du camp.

C'était comme une passation de pouvoirs. Mais, les gens n'étaient pas d'accord. Ce gars-là était peut-être un monsieur, mais c'était encore une nouvelle tête et on ne le sentait pas.

Vient le tour de l'abbé Joseph. Pour se faire comprendre, il agite les mains, criant presque au bord de la colère. J'aime sa façon de parler. Elle me met en confiance. Dans notre milieu, on sent tout de suite ces choses-là : cet homme est comme nous.

Le nouveau directeur n'a pas l'air d'apprécier. Sur son visage, on arrive presque à lire ce qu'il pense : « Qu'est-ce qui lui prend à celui-là ? On l'a fait venir comme aumônier, de quoi il se mêle ? ! » Plus l'abbé Joseph parle, plus il le coupe à tout bout de champ. On le voit changer de couleur. Les gens dans la foule :

– Mais laissez-le parler !
– On n'entend rien !
– Mais arrêtez ! bande de cons !

A ce moment-là, un homme se lève. Je ne me rappelle plus de son nom, mais je me souviens de sa moustache de grognard jaunie par le tabac et de sa voix de phoque qui se met à hurler :

– Mais taisez-vous ! Pour une fois qu'un curé nous défend, faut l'écouter, merde !

Aussi sec, tout le monde applaudit. Les femmes, les enfants, tout le monde. Et, peu à peu, le calme revient. Tant que l'abbé Joseph ou l'Abbé Pierre parlent, les gens écoutent. Mais dès qu'un autre, sur l'estrade, prend la parole, ce sont des sifflements, des cris de toutes sortes. Certains lancent même :

– Mais faites-les taire, ces charlots !

C'est vrai : pour nous, ceux-là ne comprenaient rien à ce qu'on vivait dans ce camp. Ils ne vivaient pas avec nous. Et chaque fois qu'ils ouvraient la bouche, c'était pour dire n'importe quoi.

Ma mère ne sortait presque jamais. Il fallait qu'elle s'occupe des petits et elle ne comprenait pas bien le français. Par contre, elle voulait savoir. Quand j'ai ouvert la porte de notre igloo, je l'ai trouvée en train de surveiller sa marmite. De ses petits yeux, elle m'a fait :

– Alors, *mein Sohn* (« mon fils » en allemand), cette réunion ?

– Ben… il y avait l'Abbé Pierre et aussi, tu sais, l'autre curé que j'avais accompagné une fois à l'accueil. L'abbé Joseph il s'appelle. Tu l'aurais vu ! Quand il a parlé, tout le monde s'est tu. Même les enfants ont arrêté de jouer. Tu sais, au bord de la mer, y a toujours le bruit des vagues et là, d'un seul coup : plus rien. Sauf la mère Pipelette, à côté de moi, qui a dit : « T'entends comment il cause, celui-là ! ». Pour moi aussi, des mots pareils c'était…

Ma mère secoue la tête.

– Quels mots ?

– Je ne sais plus. Il en a dit tellement… Par exemple, il a dit : « Vous n'êtes plus seuls. Jamais plus vous ne serez seuls. »

Elle fait la moue. Je vois bien qu'elle n'y croit pas.

– Va pas trop vite.

Et moi, presque en colère :

– Je te jure, Oma ! Quand il s'est levé, les gens voulaient tous s'approcher de lui et de l'Abbé Pierre pour leur serrer la main. Moi aussi, je l'ai fait.

Un peu voûtée, elle balance encore la tête et conclut :

– T'es encore jeune.

La décharge d'Aladin

Entre treize et seize ans, plus tard même, quand je n'avais pas de travail et qu'on n'avait plus rien, de bonne heure le matin, je traversais un champ, puis le domaine du fameux garde-chasse. A la sortie du bois, un immense tas d'ordures, grand au moins comme trois terrains de foot : le « Cornillard ».

Il fallait partir de bonne heure parce qu'on n'était pas les seuls. Jusqu'à deux cents, parfois, en comptant les enfants. Il y avait beaucoup de gens du camp, mais pas seulement. Et, si tu arrivais trop tard, tu devais vraiment te bagarrer pour avoir une place.

Quand les camions se vidaient, un bulldozer passait tout de suite derrière, justement pour nous empêcher de fouiller autour des tas, au risque d'écraser quelqu'un, comme une fois cette petite fille qu'on a juste eu le temps d'attraper avant qu'il ne soit trop tard. « Vous n'avez rien à faire ici ! » braillait le conducteur. Je n'étais pas le seul à avoir envie de lui fermer sa gueule, de le pousser sous son bull, même, mais lui savait comme nous que, si quelqu'un le tapait, on se ferait tous virer de là. Et comment on aurait fait après ? Alors on se rabaissait, bourrés de haine.

On ramassait les boîtes de conserve, le cuivre, l'aluminium, les chiffons propres aussi, le papier… tout ce qui pouvait se vendre chez Lafont, le ferrailleur. Dans la journée, il fallait brûler le cuivre, séparer l'alu du bois, etc.. Fallait que tout soit propre. Le soir ou le lendemain, on allait revendre.

En plein après-midi, j'étais avec mon copain Paraume, tout est devenu sombre. Un gros nuage arrivait sur nous, avec des grondements lourds et des éclairs. Où se réfugier ? Il n'y avait rien pour s'abriter que des arbres ou quelques cabanes qui prenaient l'eau, alors nous sommes restés sur la décharge à prendre la pluie.

Tout d'un coup, je ne vois plus rien, comme si une bombe venait de tomber juste à côté. Pendant un temps, je ne sais plus où je suis. Je tremble de partout. Et puis, j'entends tout le monde autour de moi, mon copain surtout : « Ça va ? Est-ce que ça va ? » Je ne sais pas, je ne vois que du noir. Seulement au bout d'un moment, mes yeux s'éclairent de nouveau. Mes amis, rassurés, retournent à leur boulot. Bientôt, l'orage s'éloigne. Ma peur aussi. « T'as pas de bol ! me dit Paraume, l'éclair t'as seulement frôlé, c'est pas encore aujourd'hui que t'iras au paradis ! »

Dans tout ça, on n'avait presque rien foutu. Avec mon copain, il fallait s'y remettre. Un peu plus tard – il y a des jours comme ça – je fouille, je fouille, et voilà que je trouve une vieille bouilloire en alu, toute mouillée, dont le couvercle est solidement ficelé. Je pense tout de suite à la lampe d'Aladin. Il y a quelque chose à l'intérieur. Je coupe la ficelle. Dedans, je découvre un petit pot lui aussi en alu, tout en hauteur, bouché par du papier journal que je jette aussitôt. C'est là que je trouve un de ces tickets jaunes de la rue Viala, un reçu des allocations familiales. Et en dessous : miracle ! Des pièces et des billets.

Mes yeux me sortaient de la tête, tellement j'étais heureux. Tout de suite, j'ai appelé mon pote Paraume pour lui montrer.

– Putain, tu vas pouvoir t'en payer avec ça !

– Pas que moi. Viens, on s'en va.

J'ai planqué dans le bois mon sac à moitié vide, et nous avons filé ensemble, à travers champs, directement chez le commerçant acheter de quoi remplir l'armoire : deux poulets, des œufs, des patates, du pétrole pour la lampe, des bougies, du lait et du café.

On a partagé. Pendant cinq jours, les Paraume et les Jährling ont eu le gros ventre.

Palper ces billets

Longtemps, j'ai rêvé du père Lafont, le ferrailleur : je lui amenais de la ferraille avec ma poussette pour pouvoir ramener un peu d'argent. C'était aussi pour voir la jeune femme, charmante rouquine, qui travaillait là et qui nous comprenait. C'était sa fille ou sa femme ? Je n'ai jamais demandé. En tout cas, c'est elle qui pesait notre marchandise puisque Lafont voyait très mal. Il avait une canne blanche, mais il savait toujours qui était en face de lui, rien qu'à la voix. Pas question de le rouler. Il tâtait le métal avec ses mains et pouvait aussitôt dire si c'était du cuivre ou autre chose.

Dans mon rêve, il me parlait : « Tu m'apportes beaucoup de ferraille ? » « Plein plein plein. »

Derrière lui, la femme me regardait avec son grand sourire. Au moment où il me donnait l'argent, j'étais si content que je me réveillais, sans rien dans les mains, bien sûr. Et impossible de retourner dans mon rêve. Pourtant, j'aurais bien voulu palper encore ces billets toujours neufs qu'il allait chercher chaque matin à sa banque, marchant sans sa canne blanche.

En dehors de ce rêve, ce qui me choquait, c'est qu'il y avait toujours une queue derrière moi, des gens avec des charrettes, des poussettes. Je n'étais pas le seul à faire ça. Les gens qui étaient au Cornillard, sur la décharge, je les retrouvais là. Tous. Quand quelqu'un ramenait très peu, la femme arrondissait la pesée. Ainsi, chacun repartait quand même avec assez d'argent pour se nourrir.

Un masque de haine

Ma mère avait honte que je fasse la ferraille. En plus, on n'avait pas d'assurance, pas de Sécurité sociale, rien. Alors, de bonne heure le matin, je partais en bus avec mes copains pour chercher du travail. Souvent, dans le camp, c'était la boue. A l'arrêt du bus, avec un chiffon ou de l'herbe, on essuyait le plus gros sur nos chaussures.

Dans le car, c'était courant qu'une fois assis, une personne se lève après nous avoir auscultés du regard, de la tête aux pieds. Ça nous provoquait :

– Pourquoi vous partez ?

Pas de réponse. Plus fort :

– C'est à cause de nos godasses ?

Leur diagnostic : vulgaires et chaussures sales. Ils savaient d'où on venait. Ils s'écartaient. Avec les hommes, c'était vite la bagarre. Avec les femmes, ça me blessait encore plus. Une mère qui met au monde un enfant ne doit pas avoir ce genre de comportement. C'est comme ça que je le ressentais.

Souvent on continuait jusqu'à Porte de Vincennes. Ce jour-là, je suis descendu à Bry-sur-Marne. Pour avoir une chance d'être pris, il valait mieux être seul à se présenter.

Première usine, je demande s'il y a de l'embauche. « Non. » Toute la matinée, dans cette zone industrielle, je vais d'une entreprise à l'autre. Partout, la même réponse : « Vous êtes trop jeune. A la rigueur, on peut vous prendre comme apprenti. » Apprenti, ça ne m'intéressait pas, ça ne payait pas assez. Il fallait vraiment que je ramène de l'argent pour ma famille. Je savais bien que pour avoir un métier, il fallait étudier plusieurs années. Mais on ne peut pas apprendre avec l'estomac vide. Si mon frère avait gagné plus d'argent, j'aurais bien voulu être apprenti. Et ma mère aurait été heureuse de nous voir plus instruits. Mais, Walter, marié, ne vivait plus chez nous. Georges était en centre d'apprentissage. Peter, le seul à travailler, ne gagnait pas assez pour nous tous.

L'après-midi, je continue mes recherches. A l'entrée d'une serrurerie industrielle, je vois un écriteau : « Embauche ». Je demande à une dame assise derrière un bureau si c'est bien là qu'il faut s'adresser pour la place. Elle me sourit gentiment.

– Oui, on cherche un manœuvre.

Tout de suite, elle me demande mes papiers. Je ne sais plus ce que je lui montre, mais c'est un papier avec mon adresse. Elle lit à voix haute, comme pour vérifier :

– 116 rue Jules Ferry ?

Elle lève la tête vers moi.

– C'est bien votre adresse ?

Son expression a changé. Son sourire a disparu. D'un ton froid, elle ajoute :

– C'est le camp de l'Abbé Pierre, ça.

– Vous connaissez ?

Embarrassée, elle commence à bafouiller.

– Je regrette... On vient juste d'embaucher quelqu'un... Je ne peux pas vous prendre.

Je comprends tout de suite.

– Mais madame, vous venez de me dire que

vous aviez besoin de quelqu'un.

– Oui, mais pas les gens du 116 rue Jules Ferry.

Même si je m'attendais à ce genre de réflexion, sur le coup, ma tête devient une marmite bouillante.

– Vous vous foutez de moi ! (J'essaie de rester poli.) Je voudrais bien savoir pourquoi !

Pas gênée, elle justifie :

– Parce qu'ils viennent travailler trois jours, et qu'après on ne les revoit plus.

– Vous parlez comme ça parce que vous avez toujours eu de quoi manger.

Elle hausse les épaules.

– Vous êtes tous pareils, là-dedans, des fainéants.

Alors là, je l'aurais bouffée. J'explose :

– Si tu m'insultes, je t'insulte aussi, salope !

Elle se lève :

– Maintenant, sortez ! Sortez ou j'appelle le patron !

– En plus, c'est pas toi la patronne. T'es qu'un dictionnaire ! Une chose qu'on ouvre et qu'on referme.

Elle devient hystérique. Je crie aussi fort qu'elle :

– Tu cries de peur ou de colère ?

Une porte s'ouvre, un homme entre, l'allure

d'un déménageur.

– Qu'est-ce qui se passe ici ?

Elle explique :

– C'est ce voyou ! Je lui dis qu'il n'y a pas de travail, il se met à m'insulter.

– Vous rigolez ! C'est vous qui m'avez insulté. Je n'ai fait que répondre à vos paroles !

Le patron :

– Si ma secrétaire t'a dit de partir, tu dégages.

– Je t'emmerde ! Je m'en vais parce que je veux pas faire d'histoires. T'as de la chance. Ce soir, vous pourrez bouffer, vous.

Elle rageait. L'homme devient menaçant :

– Dégage ! Sinon je te fous mon pied au cul !

– Vas-y ! Mais vas-y ! Qu'est-ce que t'attends ?

Sur mes gardes, je mets ma main en poche, prêt à sortir mon couteau.

– Fous le camp, je te dis !

En sortant, écœuré, je crache sur la porte. Je vois encore cette femme et son gentil sourire devenu soudain un masque de haine.

Me voilà une fois de plus sans travail.

Avec mes frères

Peter, lui, travaillait comme briqueteur chez

Hivernat, une grosse entreprise de travaux publics. Un jour, il a su qu'il y avait de l'embauche. Georges, deux ans plus âgé que moi, ayant passé le C.A.P. de maçonnerie dans son centre d'apprentissage, avait déjà une carte de Sécurité sociale. Ils l'ont pris en premier. Et c'est par mes frères que j'ai pu être embauché comme apprenti.

Au début, j'ai travaillé dans la même équipe que Peter. Je préparais la colle, le ciment. En tirant une grande corde, je montais les briques dans un seau. C'est là que j'ai appris à construire des échafaudages en bois en leur mettant des patins de plâtre aux pieds, gros comme des pattes d'éléphants, et en liant les traverses avec des cordes, pour bien stabiliser. Ça a duré à peu près deux semaines. Un matin, le chef de chantier m'a dit :

– Demain, tu te présenteras au siège, tu feras partie d'une autre équipe.

– Je ne peux pas rester ici ?

– Si ça te plaît pas, tu vas voir ailleurs.

A sa manière de me dire ça, j'ai eu envie de le taper, mais il valait mieux la fermer si je voulais garder mon job. J'ai donc commencé à travailler dans des anciens forts de la région parisienne, fort de l'Est, Château de Vincennes, beaucoup dans des casernes, parce que cette société travaillait principalement pour l'armée. Pendant des mois, mon travail a surtout consisté à manier un marteau-piqueur pour démolir ou faire des trous permettant de passer des grosses gaines électriques. Le soir, j'avais les bras en compote et les oreilles qui sifflaient. Quand je pense que des gens font ce boulot toute leur vie… Comment ils font ?

Puis, sur un autre chantier, on m'a fait creuser des tranchées pour poser des tuyaux avec un groupe de Bretons, des bosseurs qui me faisaient marrer et qui aimaient bien boire leur coup de rouge : « Si tu bois pas, t'es pas un homme ». Je ne leur disais pas, mais boire me rappelait trop mon beau-père. Je restais à l'eau.

C'est là que j'ai eu la chance de rencontrer un compagnon maçon, du Berry, qui m'a appris à monter des parpaings, des briques, un peu de pierres taillées. Je venais exprès de bonne heure pour que tout soit prêt avant qu'il arrive, ça me donnait du temps pour apprendre auprès de lui. Ça marchait bien. La famille commençait à s'en sortir. Ma mère était même allée à Paris pour commander un buffet, une table et des chaises à crédit. Malheureusement, au bout de quelques mois, le travail a manqué. Dans ces cas-là, ce sont les derniers embauchés qui dégagent les premiers.

Seul Peter a pu garder sa place.

Au moins, j'ai eu droit au chômage, j'avais une carte de Sécurité sociale. Et rebelote, la galère. J'ai recommencé la ferraille au Cornillard, continuant de fouiner à droite à gauche, remuant les déchets comme un chercheur d'or, ressassant avec les autres toujours les mêmes refrains : « Non, pas de travail… Non, pas d'embauche en ce moment… On va vous écrire… ». J'avais commencé à comprendre la valeur de l'argent, cet argent qui permet d'avancer et qui donne des droits. Si ma mère en avait eu, j'aurais peut-être été très longtemps dans les écoles, et j'aurais eu une autre image de ce monde.

Après, j'ai fait plusieurs patrons mais je ne restais jamais longtemps. Soit j'étais obligé de prendre mon compte, parce que la paye arrivait en fin de mois, et qu'en attendant, on n'avait pas assez pour manger, payer le transport et le crédit des meubles. Soit ma mère était malade, il fallait que je reste auprès d'elle. Ou bien on était mal vus par les chefs, parce qu'on n'était pas habitués à être commandés de cette manière, et qu'on ne se gênait pas pour leur répondre. Résultat : « T'as une grande gueule, tu te casses. »

J'ai découvert aussi que les entreprises, c'était

des lieux de rendement, de concurrence qui peuvent donner aux uns l'espoir, aux autres la haine. La haine, j'en viens, j'essaie de la refuser. Je cherche juste à changer, sans écraser personne.

Le serment

Vers 1957, l'usine à parpaings a commencé à connaître certaines difficultés. L'Abbé Pierre a eu aussi besoin de responsables dans d'autres secteurs. Les années passant, ceux qui restaient se rendaient compte qu'ils ne pouvaient plus tenir face à tant de malheur. Ils ne voyaient plus le bout du tunnel.

J'essaie de comprendre, avec les années, pourquoi les responsables de l'usine et les gérants du camp sont partis les uns après les autres. L'Abbé Pierre leur avait mis les choses en main. C'est vrai qu'on leur menait la vie dure. Ils ont peut-être fait ce qu'ils pouvaient, mais la plupart n'ont pas tenu le coup et sont partis. Finalement, M. Fréquin aussi a disparu. Je ne sais pas tout. Mais je sais qu'à ce moment-là, les familles du camp se sont senties abandonnées. On se demandait tous ce qui allait nous arriver. L'abbé Joseph était un des seuls qui restaient.

Un matin, M. Aparicio, Mme Adelet, Mme André et beaucoup d'autres, des femmes avec leurs bambins dans les bras, sont allés le voir, paniqués : « Monsieur l'abbé, bientôt ils seront tous partis. Qu'est-ce qu'on va devenir ? »

Ils avaient peur qu'il leur annonce que lui aussi allait s'en aller. Moi, je n'étais jamais loin, la première chose que je lui ai entendu dire, c'est : « Ne soyez pas inquiets. » Puis il a proposé de faire une réunion publique, donnant rendez-vous à tout le monde le soir même à six heures, sur la place de la Sainte Vierge.

Le moment venu, deux à trois cents personnes se sont rassemblées. Parmi les absents, à part les mères qui gardaient leurs petits, et ceux qui travaillaient, certains disaient : « Ça va être encore un beau merle qui va nous chanter la même chanson. »

Il faisait encore jour, mais on a d'abord sorti un câble pour brancher la lumière, parce qu'à cette époque, le bureau du directeur et l'usine à parpaings étaient les seuls endroits où il y avait du courant. Dans le camp, on avait des poteaux électriques, un transformateur, mais les câbles servaient juste aux oiseaux. Les gens piaffaient. La plupart avaient entendu parler de cet abbé Joseph, mais beaucoup ne l'avaient pas encore vu. Le voilà qui arrive avec sa grande soutane et, comme l'Abbé Pierre, un tas d'enfants autour de lui. Il se met sur une petite butte, pour qu'on puisse l'entendre. Les gens se resserrent, pressés de lui parler, tous en même temps.

Il agite les bras pour les calmer et je me souviens qu'il dit : « Je ne suis qu'un simple aumônier. Mais ce que vous vivez, je l'ai vécu, et j'ai choisi d'être avec vous. Votre combat sera le mien. Il sera difficile. Nous aurons du mal à nous faire comprendre. Mais vous ne serez jamais plus un peuple oublié. Je vous en fais le serment. » Il a dit tant de choses ce soir-là. J'en ai oublié pas mal, mais son « serment » m'est resté jusqu'à ce jour, comme si je l'avais fait en même temps que lui.

Sur le moment, j'ai dit à Coco : « Tu vois, ce rachaï (c'est le nom que les voyageurs du camp donnaient aux prêtres), ce qu'il dit, j'y crois. » Près de moi, Mme Ronda, une manouche, avec sa petite dormant sur son épaule : « Moi aussi. »

Mais beaucoup ne l'entendaient pas de cette manière. Certains avaient la haine, au point de ne jamais ouvrir leur porte à qui que ce soit, encore plus s'il représentait la religion. D'autres :

– Qu'est-ce que vous pouvez y faire ? Vous êtes tout seul !

Lui :

– Est-ce que vous n'êtes pas tous ici, avec moi ?

Autour de moi, ça remue, des grincheux, des grognons. Il continue :

– Nous allons appeler à l'aide pour que d'autres nous rejoignent. Il y a ici, comme ailleurs, des gens qui meurent, non pas de vieillesse, mais de l'oubli des autres. Ensemble, nous devons refuser ça !

– Dis donc, me glisse Coco, il voit grand, ton rachaï !

Je ne sais plus ce que je lui ai répondu, mais pour moi, de ce rassemblement dans cette gadoue, entre cet homme et nous, ce soir-là, quelque chose est né, qui s'appellera bientôt l'association « Aide à toute détresse ».

Je crois bien que c'est aussi à partir de ce jour que l'abbé Joseph Wresinski a été baptisé par ceux du camp : « Père Joseph », comme quelqu'un de notre famille.

La réunion finie, il faisait nuit noire. En revenant de son boulot, mon grand frère Peter, encore en bleu, était parti à ma recherche avec sa moto. Quand il m'a retrouvé avec mes copains, Coco, Joël, Lougou et sa sœur Chantal, tout de suite, je me suis dépêché de lui dire : « La réunion vient de finir. » J'avais peur qu'il me tape parce que je n'étais pas encore rentré. Il a arrêté son moteur :

– Alors ?

– Alors, je sens que je vais refaire des rêves que je n'avais plus faits depuis longtemps…

– C'est l'autre curé qui te fait cet effet-là ? Tu deviens taré, frangin.

Je ne réponds pas. Je pense seulement que mes rêves, on ne peut pas me les prendre.

Je me tourne vers mon copain :

– Coco, explique-lui, toi.

– Ouais, le rachaï, il a pas mal impressionné. Tout ce que j'espère, c'est qu'il va pas nous entuber !

J'ajoute :

– Avant, je n'étais pas sûr. Maintenant… Je ne sais plus.

– Il fera comme les autres, lâche Peter haussant les épaules, il foutra le camp !

Sa réflexion me trouble. Je reviens à la charge :

– Les curés qui vont voir des familles comme nous, à part l'Abbé Pierre et lui, j'en connais pas. Le pasteur, arrivé à Pomponne, il nous a déposés et il s'est barré. Lui, il est peut-être venu avec rien, mais il est là, avec nous. C'est ça la différence.

C'est vrai : des tas de gens étaient déjà passés dans le camp, des hommes cravatés aussi, avec plein de belles paroles. Mais dès qu'ils nous avaient découverts dans cette boue, leurs baratins avaient fondu. On ne les avait plus jamais revus. Cet abbé ne leur ressemblait pas. Ça me mettait en rogne que Peter ne me croie pas. A mes copains, j'ai dit :

– Bande de cons ! s'il était comme les autres, il serait déjà parti !

Mon frère aurait pu me mettre une claque. Il ne l'a pas fait.

Mickey Mouse

Les rues du camp avaient des noms de fleurs. Certains en faisaient pousser. Mais à la nuit tombante, rampant à toute vitesse, des nuages de rats piétinaient à travers tout, au point de nous sauter dans le dos quand on s'asseyait dehors sans faire un petit feu de bois. A cause de ça, la plupart des gens avaient des chats ou des chiens, car beaucoup d'igloos avaient encore le sol en terre battue et il n'était pas rare qu'un de ces « gaspards » morde un enfant dans son sommeil.

La carriole de Besnard, l'épicier, passait devant chez nous pour ramasser les ordures, tirée par un âne ou un mulet, je ne sais plus, quand ma mère m'a demandé :

– Il est où Mickey Mouse ?

– Il doit être dehors.

Comme nous, c'est là que notre chat passait le plus clair de son temps.

– Va le chercher, j'aime pas qu'il traîne.

Je cherche partout dans le camp et demande à mon copain Coco de m'aider. « Vous n'avez pas vu un chat gris avec une tache blanche en dessous du cou ? » Personne ne l'avait vu. Mickey Mouse était introuvable.

Au bout de plusieurs jours, on a pensé qu'il s'était sauvé, ou bien qu'on nous l'avait volé.

Tout le monde tenait à son espace pour se sentir chez soi. Un matin, je devais remplacer des poteaux de barrière derrière notre igloo parce que la clôture était esquintée. Je creuse, en débordant un peu sur le terrain de notre voisin Albert, surnom King Kong, parce qu'il était grand et fort. Et voilà que je tombe sur une tête de chat et de la fourrure grise ! Mais, c'est…

Saisi, je cours chercher ma mère.

– Viens voir !

Elle me suit.

– Regarde.

Stupéfaite, elle balance la tête.

– Oh, non. C'est pas vrai !

En même temps, le même nom nous vient à l'idée : King Kong.

– Attends, je vais aller voir.

Je mets la main sur mon couteau, dans la poche arrière de mon jean.

– Pas de conneries, Bernd ! dit ma mère.

Combien de fois elle m'a dit ça !

Elle reste près de moi. Je cogne à la porte. Le voisin m'ouvre.

– Albert, t'aurais pas vu mon chat, par hasard ?

– Non, non, fait-il, gentiment rigolard.

Malgré qu'il soit plus grand que moi, je l'attrape par le cou.

– Tu viens avec moi.

Je crois qu'il commence à comprendre. Il me suit sans rien dire, l'air piteux. Je lui fais voir les restes de mon chat et je lui dis, plein de rage :

– Ça, c'est dans ton jardin !

Il se défend.

– C'est pas moi qui ai mis ça là !

Je sors mon cran d'arrêt.

– Et ça, c'est quoi ?

A cet âge-là, j'étais prêt à tout pour me faire respecter.

– J'ai rien à voir avec ton chat !

– Arrête ! Arrête de mentir ou je te…

– Bernd ! Range-moi ce couteau ! crie ma mère.

Finalement, tête basse, il avoue :

– Oui… c'est moi.

En allemand, ma mère me dit :

– J'espère qu'il ne l'a pas tué par plaisir, au moins ?

Je traduis. Il s'écrie, honteux :

– Non !… Je l'ai tué parce qu'on n'avait rien à bouffer.

Là, je suis complètement cassé. J'étais prêt à l'écharper. Il me fait pitié. La lame de mon couteau me renvoie mon image. Quand je pense à la bêtise que j'aurais pu faire, je ne suis pas fier. Je le referme.

– Écoute, on verra ça plus tard.

Il rentre chez lui. Nous aussi.

– C'est pas possible… dit ma mère. Il aurait pu au moins nous demander ! Tu vois, *mein Sohn*, quand on n'a rien, de quoi on est capable ?

C'est vrai. En moi-même, je me suis dit qu'il n'était sûrement pas le seul. Avant de rentrer, elle se retourne :

– Ton couteau, je veux plus le voir. J'ai pas fait des enfants pour qu'ils soient meurtriers.

Le ticket rose

Ah ! Ce fameux 16 du mois ! Pour les uns, c'était

le bonheur, pour les autres, la détresse.

Ils étaient deux ou trois, avec des sacoches, à venir de la rue Viala, à Paris. Sur leurs gardes, ils avaient toujours peur d'être dévalisés, mais nous, dès l'entrée du camp, on les prenait en charge. Tout le monde avait les yeux rivés sur eux. Comment laisser voler des gens qui nous apportaient de l'argent ? Ils avaient du mal à comprendre ça. Ils s'installaient dans l'igloo qui servait d'accueil, rue des Fleurs, et très vite, devant, c'était une file d'attente.

Quand je voyais des femmes entrer avec un ticket rose, puis sortir avec un grand sourire, bien sûr j'étais heureux. Mais quand j'en voyais d'autres qui sortaient en larmes, je savais qu'elles n'avaient rien eu, tout ça parce qu'il manquait quelques heures, quelques journées de travail à leur mari pour toucher cet argent des « allocations familiales ». J'étais toujours révolté. Je ne comprenais pas que les enfants pâtissent du fait que leur père n'ait pas de boulot. C'était un tel besoin pour nous tous, et encore bien plus pour ceux qui n'avaient aucun autre revenu. Ça me coinçait l'estomac de voir ces femmes sortir en pleurant, un enfant dans les bras, un autre à la main, trois ou quatre derrière elles, pour rentrer à la maison.

Dans les boutiques, en ville, comme dans le camp j'entendais :

– Son bonhomme, il a qu'à travailler !

– Qu'est-ce qu'ils ont besoin de faire tant de gamins, aussi ?

Je ruminais ces questions, remarquant qu'elles venaient surtout des femmes qui avaient un mari avec de l'instruction et un emploi stable. Ceux de chez nous qui tenaient ce langage, on sentait bien qu'ils n'étaient pas de notre monde. Est-ce que c'était leur éducation qui leur faisait dire du mal de nous ? Mes idées amères avaient besoin de mûrir.

Longtemps après, j'en ai parlé à ma mère :

– On t'a jamais demandé pourquoi tu avais eu tant d'enfants ?

– Si tu savais combien de fois on me l'a reproché. Comment t'expliquer ?...

Elle s'est essuyé les mains sur son tablier, et elle m'a dit :

– C'est pour l'amour de ton père... Je te voulais. Tes frères et sœurs aussi, on les voulait. Tu sais, Bernd... l'amour d'une femme pour son homme est tel... qu'avoir des enfants de lui, c'est comme un reflet du regard qu'ils ont l'un pour l'autre. C'est aussi… pour lui prouver le bonheur qu'elle a à bâtir son foyer avec lui, comme une maison solide. Souvent la vie est le contraire de ce qu'on voudrait. Et c'est vous, les enfants qui nous redonnez le droit d'espérer. Quand je pense qu'on enlève des enfants à leur mère…

Elle va vers le buffet, en sort les assiettes et poursuit :

– C'est comme si on lui enlevait la chair de sa chair, le sang de son sang.

Ébahi, je lui prends les assiettes des mains.

– C'est pas souvent que tu parles comme ça.

Elle retourne vers sa marmite et me fait :

– Tu sais, Bernd… ces mots-là, ils sont toujours en moi. Tu leur donnes l'occasion de sortir. Ils sortent.

Cette femme qui nous a élevés, si longtemps sans mari, moi, l'enfant d'un amour perdu, une fois de plus je la serre dans mes bras.

– Je t'aime Oma.

IV. Ceux-là ne lâchaient pas

La lueur d'une petite flamme

Dès 1958, de plus en plus de gens allaient vers la baraque en bois qui servait de bureau au Père Joseph. Une pièce encombrée de livres, de papiers de toutes sortes, avec un lit dans un coin toujours bien net, sans rien dessus, et, sur sa table, des bougies et une lampe à pétrole. La lumière électrique était rarement allumée, même quand il veillait tard la nuit. Par la fenêtre, on le voyait écrire à la lueur d'une petite flamme. C'est là qu'il recevait les familles quand il n'était pas dans les igloos du camp ou sur les chantiers.

C'est là aussi que venaient frapper ceux qui arrivaient d'ailleurs pour aider. Beaucoup de jeunes passaient quelques jours dans le camp, une semaine ou deux, pas plus. Assez pour découvrir que pour vivre dans cet univers sans y être obligé, il fallait avoir une force en soi-même qui allait au-delà de ce qu'ils pouvaient imaginer. Beaucoup retournaient chez eux bouleversés par ce qu'ils avaient vu. Certains, pleins de révolte. D'autres revenaient aux vacances suivantes.

Ce qui me frappait, c'était que les femmes semblaient beaucoup plus résistantes que les hommes, et pour les habitants du camp, pareil.

Mme Fouchet, par exemple, a été, je crois, la première secrétaire du Père Joseph. Elle était comptable de métier. Toujours la cigarette aux lèvres, chaque fois qu'on allait vers elle, elle commençait par dire :

– Ne faites pas comme moi ! chassant son nuage de fumée, comme on chasse les mouches.

Tout le monde lui demandait en douce de remplir des papiers, ou de corriger des fautes d'orthographe sur les lettres. Mme Fouchet le faisait toujours avec plaisir.

Je me souviens aussi de Mme Aubert, la cuisinière du Père Joseph. Ah Mme Aubert ! Une fois, à l'heure du repas, le Père Joseph arrive et la trouve avec une grosse marmite de soupe, alors qu'ils n'étaient que quatre ou cinq à table. Il fait mine de s'étonner :

– Ben, Madame Aubert, vous avez fait de la soupe pour un régiment !

Elle ne voulait pas dire que mes petits frères et quelques autres étaient tous à attendre avec leur bidon vide. Nous, les grands, on préférait envoyer les petits et rester à distance. Le Père Joseph nous demande :

– Qu'est-ce qui se passe les enfants ?

Mme Aubert nous fait des gestes par derrière. Comme on la regarde, il se retourne vers elle :

– Qu'est-ce qui se passe Madame Aubert ?

– Rien, rien… fait-elle, rouge comme un coquelicot.

Avec ses petits yeux, il lui dit :

–Vous croyez pas que j'ai compris votre manège ?

Ce jour-là, c'est lui qui nous a servis.

Méfiance

Après ces deux femmes, au fil des ans, les premières à rester vraiment avec nous et le Père Joseph ont été Erika, Bernadette, Francine, Mme de Vos, Mary, Gabrielle, Marie-France,

Huguette… Quelques hommes, comme Christopher, et tant d'autres qui m'échappent. Leur nom, pas leur visage.

M. Micard, ancien compagnon d'Emmaüs, celui que les enfants appelaient le Père Noël à cause de sa grande barbe, est venu assurer la permanence du nouvel accueil à l'entrée du camp. Les autres étaient de pays différents : d'Allemagne, de Grande-Bretagne, de Belgique, des Pays-Bas, de Suisse, et bien sûr de France… Ces gens nous intriguaient.

– Vous êtes d'Emmaüs ?

– Non. J'ai entendu parler du Père Joseph et des familles de ce camp. Je suis venu. Voilà.

Tout le monde se méfiait, au début. Est-ce qu'ils nous disaient la vérité ? On les surveillait, on les épiait même, y compris les enfants. Certains allaient vers eux, main tendue : « T'as pas des sous ? T'as pas des bonbons ? » pour voir s'ils avaient du fric. Manifestement, ils n'avaient rien d'autre que ce qu'ils partageaient avec le Père Joseph. Beaucoup de gens du camp disaient : « Ils ne vont pas rester longtemps », mais ils ne lâchaient pas. Souvent, le Père Joseph les accompagnait pour nous les faire connaître.

Il faut bien se rendre compte qu'on se méfiait

de tout le monde. Tu ne rentrais pas dans les igloos comme ça. On voulait savoir à qui on avait affaire. Tu viens chez moi : qu'est-ce que tu nous apportes ? Quand tu entres dans une maison, il faut commencer par le commencement : une petite chose, un conseil, une idée ; et cette petite chose, il faut qu'elle se réalise. Après, on pourra passer à une grande.

Ces nouveaux venus allaient voir les familles, emmagasinaient leurs soucis. Ils distribuaient le courrier, faisaient des démarches avec des mères pour qu'elles obtiennent leurs droits. C'était un début.

Christopher, lui, c'était avec les vieilles voitures récupérées qu'il apprenait aux jeunes à faire de la mécanique, la théorie surtout, parce que la pratique, on connaissait ; on désossait les moteurs en un rien de temps. Ensemble, ils avaient réparé une vieille Jaguar, une Traction, une Aronde, une 203… Ils avaient même attaché une benne derrière une vieille décapotable pour ramasser les ordures dans le camp.

D'autres recevaient les adultes dans les anciens bureaux d'Emmaüs. Ils calmaient les querelles de voisinage, cherchaient des renseignements à la demande des uns et des autres, sur les transports, les médecins, les embauches…

A l'accueil, il y avait des papiers affichés partout. C'était notre journal. Ceux qui savaient lire expliquaient aux autres, sur place et dans le camp.

Notre arbitre

Souvent, des femmes se tiraient le chignon. A cause du manque d'argent, de la propreté, de la santé des enfants…

Le peu d'argent servait au primordial, mais ce primordial créait des polémiques.

– Laisser un môme avec une plaie, ou une brûlure, sans le soigner, c'est une honte ! disait l'une.

– Avec quel pognon je l'emmène chez le médecin ? En plus j'ai rien à lui mettre, répondait l'autre.

– Un savon, ça coûte pas cher !

– Bien sûr, toi tu peux. Ton mari il a trouvé du travail, tandis que le mien…

– Le tien, il a les mains palmées !…

Et c'était reparti.

– Insulte mon bonhomme, tu vas voir si tu le traites de fainéant !

Très vite, ça pouvait devenir sanglant. Les jeunes bénévoles, je les voyais paralysés, épouvantés devant cette violence qui n'arrêtait pas. Comment ils ont fait pour tenir dans ce monde-là, alors qu'ils auraient pu être ailleurs ? Au fil des années, j'ai compris qu'ils avaient vraiment choisi ce chemin considéré par beaucoup comme le non-retour. Leur présence nous permettait justement de croire à nouveau qu'on pouvait se retourner.

Dans les bagarres, certains s'interposaient, au risque de se faire éclater le nez… « Va vite chercher le Père Joseph. » On le prenait toujours comme arbitre ; dans sa soutane noire, personne n'osait le toucher. Quelques-uns ronchonnaient :

– C'est pas le Bon Dieu, quand même.

– N'empêche, il a des couilles… Si tu touches à notre curé, je te défonce la gueule, direct.

Les gens le prenaient à témoin.

– Père Joseph, comment je fais pour emmener mon gamin chez le médecin ? J'ai plus rien de propre à lui mettre.

C'est à la suite de ces tracasseries quotidiennes que des mères sont venues lui demander un lieu de rencontre, où on pourrait laver le linge, le raccommoder, et surtout un dispensaire, car beaucoup avaient toutes sortes de maladies de peau, les poumons atteints, des brûlures à cause des poêles de fortune dont les tuyaux tombaient sans prévenir... Les femmes n'osaient pas aller se faire soigner en ville de peur qu'on les juge sales et incapables de s'occuper de leurs enfants, qu'on les traite de « mères indignes ». N'importe quoi ! Si j'avais dit une chose pareille à la mienne !

Ce jour-là, un peu plus tard, j'ai vu notre curé marcher dans le camp, levant sa soutane pour éviter la boue, entouré d'une petite troupe. Près d'un endroit où des murs commencés avaient été abandonnés, il s'est arrêté : « Et si on construisait ici ? »

King Kong s'est approché à ce moment-là, probablement pour obtenir un secours du Père Joseph, comme beaucoup. Avant d'aller plus loin, il m'a demandé :

– Qu'est-ce qu'ils font ?

– J'ai entendu les femmes parler d'un dispensaire...

– Quoi, dispensaire ?

– Mais, tu sais bien ! un endroit où on soigne les gens.

Il change de conversation :

– Tu veux pas un chat ?

Je le regarde, étonné. Il continue :

– Comme ça, tu m'en voudras plus.

– Il y a longtemps que je t'en veux plus... Il a

quelle couleur, ton chat ?

– Un peu comme le tien, dans le temps. Gris avec une tâche blanche sous le cou.

Une fois chez nous, ce chat, ma mère l'a appelé Mickey Mouse, comme tous ceux qu'on avait eus avant. A partir de ce jour, King Kong, pour moi, est devenu comme un frère. Pas à cause du chat, à cause du pardon.

Rien sans toi, rien sans les autres.

La construction du foyer a pris plusieurs années. Dès qu'on le pouvait, avec mes frères, on donnait un coup de main. Souvent, l'après-midi, des femmes apportaient du café et des gâteaux maison incroyables, vu leur peu de moyens. Quand ils n'avaient pas école, les enfants étaient nombreux sur le chantier, espérant tous goûter de ces fameux gâteaux.

Autour de ce café, beaucoup de joie. Une inquiétude aussi. Est-ce qu'on aurait de quoi construire ce bâtiment jusqu'au bout ? Ce n'étaient pas les forces qui nous manquaient, mais l'argent pour les matériaux. A chaque fois que le doute nous prenait, le Père Joseph était là pour nous redonner courage. Il lançait des appels, pour finir ce qu'il appelait désormais « notre foyer » à tous. « Un pour tous, tous pour un », comme la loi des Trois Mousquetaires, ou « Rien sans toi, rien sans les autres » comme il disait lui-même.

Quand un camion arrivait avec son chargement, les hommes se passaient le mot pour reprendre le chantier. C'était frappant de voir le sourire de ces baroudeurs balafrés, couverts de tatouages. Un jour, le père Grangier m'avait dit : « Comment tu veux que je me regarde dans une glace ? Quand je me vois, j'ai honte. » Et pourtant, sur le chantier avec les autres, il était fier.

Bien sûr, tout le monde n'était pas d'accord. Certains restaient dans leur igloo, sans bouger une oreille. Parfois, des gens venaient râler :

– Ça sert à rien votre truc ! On sera jamais dedans.

Ça me mettait en colère.

– Qu'est-ce que tu viens nous les casser ? Tu ferais mieux de nous donner un coup de main !

– Si vous voulez que je vous donne un coup de main, le curé, il n'a qu'à me payer !

D'un côté, ceux-là n'avaient pas tort, mais la petite association, fondée par le Père Joseph avec les familles du camp et quelques amis d'ailleurs, n'avait pas les moyens. Seuls quelques-uns, qui étaient tout le temps sur le chantier, recevaient un petit salaire. Et ils fonctionnaient par roulement. Le reste des sous, (quand il en restait) devait servir aux nouveaux projets utiles à tous. Sinon, en un rien de temps, ils auraient tout bouffé.

Après plusieurs mois, plus d'une année même, – on construisait par tranches, en fonction des possibilités – fin 1959, quand le bâtiment a été terminé, j'ai vu des mères pleurer, mais ces larmes-là n'étaient pas comme celles de ma mère quand chez nous il n'y avait plus rien. Ce foyer que tant de gens avaient créé de leurs mains, c'était un commencement.

Fox-trot

Par exemple, un après-midi, qu'est-ce que je vois ? Un homme très élégant, très grand, avec un grand nez, habillé comme un croque-mort. Autour de lui, plusieurs personnes : Mme de Vos, Francine… Je m'approche. Mme de Vos le présente :

– Monsieur est professeur de danse. Il vient exprès de Paris pour nous donner des cours, un soir par semaine.

Rencontrer un homme de ce style nous faisait

une forte impression. Arrivent les fameux cours. Ce professeur nous apprend à danser le fox-trot, une danse bizarre, hors du temps. Nous, c'était plutôt le rock, le paso doble. Son fox-trot, on aurait dit une danse de Louis XIV. Il ne manquait plus que le clavecin. C'était quand même intéressant : il y avait des pas en avant, en arrière et sur le côté, comme dans la vie et dans le tango ; on tenait les femmes serrées contre nous.

Francine a été ma première danseuse. Avec les filles du camp, Mme de Vos participait aussi aux leçons, mais on n'osait pas trop l'inviter. Elle nous intimidait, malgré elle. On avait appris qu'elle était diplomate, de la noblesse hollandaise. Qu'est-ce qui pouvait pousser une femme comme elle à venir se perdre dans cette gadoue avec nous ?

Pour moi, ces leçons de danse étaient importantes parce qu'elles permettaient de faire venir des copains et des copines de l'extérieur. Le Père Joseph tenait absolument à ce que nous ayons des relations avec des jeunes de partout.

Les patates

La danse, ça m'a tout de suite plu, mais pour

inviter des filles, il faut du fric… En rentrant chez moi, je pensais : il faut que je trouve du travail. Quand j'ai ouvert la porte, ma mère m'a ramené à la réalité.

– Bernd, va chercher des pommes de terre.

– Donne-moi des sous.

– J'en ai pas. Essaie de demander aux voisins.

– T'inquiète pas.

Je prends le panier.

– Surtout, fais pas de bêtises !

Au lieu d'aller chez les voisins, je traverse le bois, et, au bout du champ de pommes de terre, j'arrache vite quelques pieds. De quoi remplir mon panier.

– Déjà ! t'as bien été vite…

– J'ai couru.

Elle regarde ce que j'ai ramené.

– Comment ça se fait qu'elles sont encore pleines de terre ?

J'improvise :

– C'est Paraume qui me les a données comme ça.

Je vois bien qu'elle n'est pas dupe. Tandis que je ressors, elle dit :

– Ne rentre pas tard, si tu veux pas que ton frère te tape.

Elle avait toujours l'angoisse que je fasse des

bêtises, et mon frère Peter, avec ses poings, voulait m'apprendre à bien me tenir. Moi, ça me provoquait, au contraire. Et puis j'en avais marre de chercher, à la dernière minute, de quoi manger pour la famille.

A la nuit tombée, je suis allé dans le cabanon près de l'igloo – une baraque faite par nous avec des rondins et des caisses à orange – j'ai pris deux grands sacs vides. Puis je suis retourné en direction des cultures.

Une fois sur place, je vais jusqu'au bout du champ pour être sûr qu'on ne me voie pas. Je gratte la terre avec mes ongles et je remplis mes sacs. Quand ils sont pleins, je les cache dans un fossé et je repars chez moi.

Sur le chemin, je rencontre Paraume, surpris de le voir sur des béquilles. Il m'explique qu'il s'est cassé la jambe, qu'il ne peut plus bouger. Il me parle de ses soucis de famille. J'ai une idée :

– Écoute, ce que je peux faire, c'est te donner un sac de patates.

– Si tu peux me faire ça, t'es un vrai pote !

– Pas de problème. Je te le ramènerai vers les deux heures.

Je n'avais plus qu'à traîner jusqu'à l'heure dite. Je ne voulais pas rentrer tant que je n'avais pas ramené ces précieuses *kartofeln*.

En revenant, un sac sur mon dos, j'aperçois le Père Joseph dans son bureau. Je me rapproche près de sa fenêtre, si près que ma bouche envoie de la buée sur la vitre. Sans bruit, je lâche mon sac et reste là, longtemps, à l'observer. Il écrit, éclairé par sa lampe à pétrole. Il pose son crayon. Ses deux mains sur le front me cachent son visage. Et moi, enfant de la nuit, je sais une chose : quelqu'un veille sur nous.

Le lendemain, ma mère :

– Quelqu'un t'a prêté de quoi acheter toutes ces pommes de terre ?

– Non, je les ai trouvées dans un champ.

– Comment ça, dans un champ ? Tu les as volées !

– Mais non, je les ai glanées.

– Ne mens pas !

– Écoute Oma, il faut bien manger ! J'ai juste déterré quelques pieds.

– Je veux pas que tu fasses ça !

– Mais t'inquiète pas ! Personne n'a rien vu.

Elle prend le balai et menace :

– Tu vois, ça. Si tu recommences, je te le casse sur les reins.

Je n'ai rien à répondre, je sors. En allant chez

Paraume voir s'ils apprécient les patates que j'ai apportées cette nuit, je sais que ma mère a raison. Pourtant j'ai recommencé pas mal de fois, pour nous et pour d'autres qui ne pouvaient pas se déplacer. J'en voyais plus d'un en train de « glaner », comme moi, se moquant du danger, chacun dans son coin, silencieux comme un chat. Jamais ensemble.

Le Motobloc

Le plus souvent j'avais les poches vides et quand je voyais les autres en ville, aller au cinéma... j'avais le sentiment d'une injustice. Il me fallait du travail, mais pour en chercher, j'avais besoin d'une mobylette. J'en parle à mon grand frère Walter qui, à ce moment-là, s'était mis artisan maçon à son compte. Il me dit :

– Pour le moment, je ne peux pas t'embaucher, j'ai pas assez de boulot. Mais ta mobylette, si c'est pour travailler, je t'aide à la payer.

– Oui mais, comment va faire Oma, si c'est à moi, et plus à elle que tu donnes des sous ?

– T'inquiète, je continuerai quand même à l'aider.

Chacun de son côté, sou par sou, on économise. Lui-même me fait faire des petits travaux qu'il me paie. Et plusieurs mois après, nous allons ensemble à Torcy, une commune pas loin, chez un marchand de motocycles pour acheter, à crédit, un vélomoteur. Un « Motobloc » tout jaune, je m'en rappellerai toujours. Walter m'embauche comme apprenti maçon.

Quelques mois plus tard, ma mobylette tombe en panne. Avec le peu que je gagnais, pas question de la porter chez le dépanneur. Je préfère réparer moi-même, persuadé que je vais y arriver. Je démonte le moteur, je nettoie tout, je remonte le moteur et j'essaie de le mettre en route. Rien. Je re-démonte le carburateur. Une fois bien nettoyé et tout, je le remets en place. Ça ne marche toujours pas. Comment aller travailler le lendemain si elle ne voulait pas démarrer ?

Au bout d'une dizaine de fois, monter, démonter, vérifier, j'étais trop énervé. J'en ai eu marre, j'ai balancé toutes les insultes que je savais sur cette saloperie. Et plus j'en disais, plus ça me rendait furieux. C'est là que j'ai attrapé une masse qui nous servait pour la ferraille.

De rage, je tape sur le moteur. Puis je jette la mobylette.

Encore sous le coup de la colère, je m'assois par terre et je me dis : « Mais je suis con ! Pourquoi j'ai fait ça ? Demain, il faut que je travaille.

Comment je vais faire ? En plus, si Walter apprend ce que j'ai fait, il va me foutre une de ces raclées ! »

Je pars traîner en ville. Devant une épicerie, je vois une Peugeot bleue, moteur en marche. Je n'hésite pas une seconde. Le gars me court après, mais la mobylette court plus vite que lui. Quand j'arrive chez moi, je la cache. Pas question que ma mère la voie. Quelques jours plus tard, elle finit par tomber dessus :

– C'est à qui ça ?

– A moi. L'autre ne marchait plus, alors celle-là… on me l'a prêtée.

Elle se doute de quelque chose.

– Mais où est la jaune ?

Je lui dis qu'on me l'a volée. D'abord elle ne réagit pas. Puis elle lève le doigt, sévère :

– Faudra quand même que tu m'en parles.

Elle n'a jamais voulu que ses enfants volent. Mais je piquais quand même, trouvant toujours des explications : Untel m'a donné ci, Machin m'a prêté ça…

Quand je pense, en revenant en arrière, à toutes les bêtises et les conneries que j'ai pu faire… Casser une mobylette de cette façon, fallait pas être bien dans sa tête. Surtout que j'avais eu toutes les peines du monde à réunir l'argent pour l'acheter !

Dérangement

Combien de fois j'ai été tenté de suivre certains de mes copains qui sont tombés depuis ? Un gars qui voulait m'engrener dans la prostitution comme maquereau, d'autres à braquer des banques…

Quelles mains m'ont retenu ? Celles de ma mère ? de mes frères, de mes sœurs ? Oma répétait : « Ne reviens jamais à la maison menottes aux poignets ! » Quelque chose me disait, – comme sa voix dans ma tête – : « Attention, si tu rentres dans ce trou, il te faudra des yeux par devant et par derrière ; ton cœur battra trois fois plus vite, et ton avenir ne sera plus qu'un papier facile à déchirer. »

A cette période, j'étais toujours au bord du pire. Souvent, dehors, je voyais mes copains avec un bout de pain sans rien, préférant ne pas manger en famille pour échapper aux reproches, prêts à tous les mauvais coups. Je leur demandais :

– Y a pas autre chose que des combines pour s'en tirer ?

– Tu crois qu'on a le choix ? Partout on est pris pour des merdes. Ma mère, on la prend pour une pouffiasse et mon père pour une loque… En plus ils font que de m'engueuler. Ça te met pas en appétit, je te jure ! J'ai pas envie de finir comme eux.

A mes yeux, le seul homme qui représentait un père, c'était notre aumônier. C'est peut-être pour cette raison qu'un dimanche, bien avant la construction du foyer, j'ai voulu aller à l'église. Je me demandais si les Chrétiens en ville ressemblaient à ceux du village de mon enfance. Comme là-bas on nous avait laissé tomber, je ne croyais plus en rien, mais je voulais voir si tous les curés étaient comme notre Père Joseph.

Quand je suis entré, au début de la messe, je me suis avancé dans l'allée pour m'asseoir. Tout de suite, j'ai senti que les gens me lorgnaient d'un air bizarre.

Pourquoi ils me regardent comme ça ? Je les dérange ? On dirait que quelque chose les gêne dans ma tenue. Pourtant je ne suis pas sale. Qu'est-ce que j'ai ? La braguette ouverte ?

On est comme ça, nous : quelqu'un qui te regarde, tout de suite, tu te sens rejeté. Tu sens leurs yeux sur toi. Tu rentres dans un lieu, tu vois les gens qui se retournent, curieux, froids, méprisants. Leur tête qui se détourne quand tes yeux croisent les leurs. Tu te sens un sac poubelle déchiré et puant. Ça se passait dans une église, c'est ça qui m'a révolté. Du coup, je suis sorti, en rage, en me disant : tout est malsain, il n'y a pas de vérité, ils mentent tous !

J'avais envie de cogner.

Tout le long de la route, j'ai marché comme un automate. Je parlais tout seul. Je ne faisais plus attention à rien. J'aurais pu me faire écraser. Le rejet de ces gens m'avait mis H.S., hors service, aspergé de haine.

L'après-midi, je suis allé chez le Père Joseph. Dimanche ou pas, il fallait que je le voie. Il m'a pris tout de suite. C'était mon premier vrai dialogue avec lui en tête à tête.

– Alors vieux frère ? Qu'est-ce qui t'amène ?

– Je suis pas bien dans moi.

Je cherche mes mots. Remuant sur sa chaise, il attend. Je continue :

– Tout à l'heure, j'ai voulu aller à l'église. J'y vais presque jamais, mais depuis que vous êtes là, je me pose des questions, sur la religion, tout ça.

– Et alors ?

– Et alors, dès que je suis rentré, leurs yeux…

– Quoi leurs yeux ?
– Ils m'ont cassé.
– Comment ça ?
– Vous savez, quand on sort du camp, la plupart du temps on nous considère comme des machins morts, des cafards juste bons à écraser. Mais jamais je n'aurais pensé que je pourrais ressentir ça en entrant dans une église.
Son front se plisse.
– Pourquoi tu dis ça ?
– Comment voulez-vous que je croie encore en quelque chose avec des gens qui vous regardent comme ça ?
Mi-impatient, mi-souriant, il me taquine :
– Ils ont osé te regarder de travers ! Et tu ne les as pas attendus à la sortie ?
Il voit que ça ne me fait pas rire. Son sourire s'efface.
– Écoute, tu t'es peut-être senti mal regardé, mais c'est certainement pas ce qu'ils ont voulu. Il faut que tu apprennes à voir les gens d'une autre manière…
– Tout le monde me met la haine. C'est fini. Je crois plus en rien !
Longtemps, nous restons silencieux.
– Et moi, tu me crois ?
Je hausse les épaules.

– Bien sûr !

– Alors…

Énervé, j'enchaîne :

– Alors je me suis senti jeté comme un seau d'eau sale !

Calmement, il me dit :

– C'est parce qu'ils te voient différents d'eux… Justement, c'est peut-être grâce à eux, que tu pourras changer un jour.

– Ça m'étonnerait…

– Si ! si ! Tu changeras et ils changeront.

– Mais non ! Même à leurs propres enfants, ils disent de ne pas nous fréquenter…

Assis en face de moi, il encaisse mon amertume, les yeux fermés. Un long moment, il reste immobile, la tête calée entre ses mains. Il reprend d'une voix lasse :

– Je sais, vieux frère. Tu n'es pas le premier à venir me parler de ça. J'ai de la peine pour toi, et les tiens…

Soudain, il se lève, si brusquement que sa chaise se renverse derrière lui. Et il martèle du poing son bureau :

– Mais faut aller vers eux ! Cogner à leur porte ! Leur faire comprendre que tu n'es pas le seul ! Que vous êtes tout un peuple !

Sa réaction me surprend. Ses mots font déborder ma pensée, mais je sens bien que ce peuple dont il parle dépasse de loin les limites du camp. Il se rassied et continue, d'une voix ferme, en agitant les mains :

– Écoute. Comme beaucoup le demandent, nous allons construire une chapelle. Les gens d'ici ont droit à un lieu où ils se sentent respectés pour vivre leur foi. Toi, si tu veux, avec les autres, tu pourras participer à sa construction.

Sur mon cœur gelé, il avait mis un peu de baume. Dans ses paroles, le mot « pardon » qu'il n'avait pas prononcé résonnait en moi. Ça n'avait pas empêché la réalité de reprendre le dessus.

Vagabond de la honte

Bien des fois, j'ai voulu sauter en marche du train de la misère. Je cherchais des combines pour pouvoir manger. Voler pour revendre. A certains moments, on n'avait pas le choix. J'avais 17, 18 ans. Ça ne me faisait pas rigoler.

Un soir, je suis rentré tard, plus que d'habitude. Mon frère Peter, qui avait quatre ans de plus que moi, a commencé à m'engueuler.

– T'étais où ? Je veux que tu rentres de bonne heure et pas que tu traînes avec des voyous !

– C’est pas toi qui m’empêcheras de sortir !

Je me mets à l’injurier. Il vient vers moi et me donne un coup de poing sur l’épaule. Il m’a vraiment fait mal.

– Qu’est-ce qui te prend ? T’es dingue !

– Je veux que tu respectes ta mère ! Tu dois pas rentrer à des heures indues.

Oma :

– Arrêtez ! Deux frères ne doivent pas se battre.

Il me cherche encore.

– C’est la dernière fois que tu sors ! T’as compris ?

– Je fais ce que je veux.

Il va vers la porte. Main sur la poignée, il se retourne.

– La ferme ! je ne veux plus t’entendre.

– Je m’arrêterai si je veux ! Je t’emmerde !

Ma mère, ayant fini d’éplucher les légumes, pose son couteau sur le buffet. Je le prends. Je dis à Peter :

– Et si tu continues à me les casser, je te plante.

Il me défie :

– Essaie, pour voir.

Je lance le couteau. Il a juste le temps d’esquiver. La lame se fiche dans la porte. Alors il se jette sur moi. Paniquée, ma mère essaie de s’interposer :

– Arrêtez ! Mais arrêtez !

Les petits s'accrochent à nous, criant, hurlant de peur. Soudain, ma mère porte la main à sa poitrine. Tout de suite, mon frère et moi, les autres aussi s'arrêtent. On l'aide à s'asseoir dans le fauteuil.

– Mes enfants…

Le calme est revenu d'un coup. Maman nous parle doucement :

– Regardez ce que vous êtes devenus… par ma faute.

J'ai honte qu'elle se sente coupable à cause de nous. Quand je pense que j'aurais pu tuer mon frère, et la tuer en même temps. A ce moment-là, j'ai revu mon beau-père à Annet-sur-Marne, quand il avait lancé sa hache sur Walter. Ce soir-là, comme lui, je suis devenu un vagabond de la honte. J'ai mis trois jours avant d'oser rentrer chez nous. Et quand je suis revenu, ni ma mère, ni Peter, ni personne n'a dit un mot là-dessus.

C'est qui ?

Qui est cette personne avec le Père Joseph ? Cette petite dame, toute frêle, avec un grand manteau, un châle autour du cou, et un beau sourire. Surprise : ils vont chez moi.

Je rentre à mon tour et j'écoute, très impressionné par cette femme. Je ne sais pas pourquoi.

– Va un peu plus loin, dit ma mère. On doit se parler.

Mes yeux restent fixés sur cette personne. Je sors. Il y a un attroupement devant chez moi. Les gens veulent savoir.

– C'est qui ?

– Ça doit être quelqu'un.

L'autre insiste :

– Mais qui ? quoi ? une dame de l'État ? une assistante sociale ?

Par la fenêtre, j'aperçois le Père Joseph qui embrasse ma mère sur le front. J'entre. Il lui dit :

– Courage !

La dame lui serre la main.

– On va se revoir.

A cet instant, entre cette femme et ma mère, j'ai ressenti une étrange estime. Je les vois repartir, le Père Joseph et elle, vers d'autres igloos. Derrière eux, plein d'enfants, des adultes aussi.

Elle ne nous a pas dit son nom en entier, au début. Ce n'est que beaucoup plus tard que je l'ai su. Elle est venue à Noisy, non pas avec son nom d'abord, mais avec son cœur. C'est ça qui lui donnait sa force. Elle n'a pas fait comme beaucoup de gens avant elle qui ont promis monts et merveilles, et derrière : le néant. Elle se faisait appeler Geneviève. Simplement. Habillée modestement, mais belle, avec toute sa noblesse, qu'est-ce qu'elle venait faire ici ? Un jour, on lui a carrément demandé comment elle s'appelait. Elle a répondu :

– Geneviève de Gaulle Anthonioz.

– De Gaulle… Vous êtes la fille du Général ?

Petit sourire.

– Je suis sa nièce.

A partir de là, ça a été un remue-ménage dans les igloos. J'étais fier de connaître quelqu'un de la famille de Gaulle, et je n'étais pas le seul. Mais qu'est-ce que ça allait changer ?

Cailloux noirs

On rentrait dans l'hiver. La neige tombait. A l'intérieur de l'igloo, ma mère était toujours debout pour veiller sur le feu. Même la nuit, plusieurs tricots sur elle, elle enlevait du four des briques chaudes enveloppées dans des chiffons pour les glisser sous nos pieds. A croire qu'elle ne dormait jamais.

Au matin, quand on ouvrait la bouche, de la buée sortait. Les gouttes d'eau nous tombaient sur la tête. Et nos couvertures étaient humides à cause de la condensation. Tout était gelé. A l'extérieur, les pompes à eau ; à l'intérieur, le café, l'huile ; même le pot de chambre. Le temps d'arriver au bâtiment qui servait de chiottes, la glace avait pris. Il fallait taper dedans pour le verser.

Les gens se plaignaient qu'ils n'avaient pas de charbon. Alors le Père Joseph et Mme Anthonioz ont lancé un appel. Quelques jours plus tard, des camions de charbon sont arrivés du quai de Bercy. Ils ont vidé leur chargement en vrac. Les habitants des igloos ont fait la queue avec des sacs, des chariots... C'était impressionnant. On se serait cru pendant la guerre, avec les files de rationnement. Les familles qui avaient beaucoup d'enfants avaient droit à deux sacs, les autres, un sac. Le Père Joseph criait parce que quelques-uns voulaient se servir avant les autres. Certains avaient peur de ne rien avoir, d'autres voulaient prendre le double. Ils étaient là à pousser :

– C'est à moi ! C'est à moi !

Le Père :

– Chacun son tour, chaque famille aura sa part !

Les volontaires – c'est désormais ainsi qu'on appelait ceux qui avaient choisi de rester avec nous – avaient du mal à contenir tout le monde.

Des familles resquillaient. D'abord se pointait le père, puis la mère, puis le fils, puis le grand-père, puis la grand-mère... Alors, ceux de l'association ont instauré un système de tickets avec chaque nom de famille. Mais le tas diminuait, diminuait. Les volontaires tentaient de nous rassurer :

– Ne vous inquiétez pas, d'autres camions doivent arriver.

Mais on n'y croyait pas trop. Certains disaient :

– C'est pas supportable de vivre des choses pareilles ! On va crever de froid !

Des gamins étaient postés à l'entrée du camp :

– Si le camion arrive, vous nous prévenez tout de suite.

Deux heures après environ, les enfants accourent, leurs yeux comme des diamants.

– Les camions ! les camions !

– On va pouvoir se chauffer, disent des femmes, avec soulagement.

A côté de moi, une femme qui n'avait plus beaucoup de dents a postillonné :

– Pour combien de temps ?

Cette fois, on en avait assez pour deux ou trois jours. Quand ces cailloux noirs nous manquaient, parfois le Bazar de l'Hôtel de Ville de Paris nous faisait livrer du bois en vrac, des caisses, des planches, toutes sortes de choses à brûler.

Au départ, c'était gratuit. Mais, ça ne pouvait pas durer. Ces quantités de charbon, la petite association du camp ne pouvait pas continuer à les acheter : le fric, le fric, le fric. Alors notre Père Joseph a demandé à tout le monde de participer. Beaucoup n'avaient jamais eu le choix, toujours obligés d'accepter sans rien dire ce qu'on leur donnait. Ils trouvaient bizarre maintenant qu'on leur demande quelque chose.

« Vous ne pouvez pas toujours être des assistés ! » rouspétait le Père, « Quel avenir là-dedans ? » Dans sa colère, il voulait nous faire comprendre qu'on n'attache pas une famille comme un chien en laisse. Beaucoup trouvaient qu'il avait raison, mais pas tous.

– Il nous emmerde, le curé !

Ce camp grouillait de jeunes de mon âge qui cherchaient autre chose que de voir pleurer leur mère, ou leur père qui tapait sa femme comme pour se venger d'être là. Comme je l'ai dit, beaucoup de mes copains ont fini par tomber, soit en prison, soit de bastos dans la peau. J'avais beau leur dire :

– Allez voir le Père Joseph !

– J'ai pas confiance, disait l'un.

– Un curé ! t'es dingue ? disait l'autre. On est

capable de se débrouiller tout seul.

– Ah oui ! Qu'est-ce que tu fais ici, alors ?

– Et toi, tu crois que t'es mieux ?

Et moi, je répétais :

– Non. Justement. Il m'a pris comme je suis et je suis pas le seul.

– Arrête de nous les casser ! Il te manque plus qu'une soutane.

– Et toi, ferme ta bouche. Il sort des mouches à bœufs. Et si tu continues, tu vas prendre mon poing dans la gueule.

Les Rois mages

Le Père Joseph ne perdait pas son temps avec les commérages. Avec les hommes qui voulaient, il bâtissait. Une chapelle, un jardin d'enfants, un foyer familial, une bibliothèque… Avant, quand il y avait un mort, on ne savait pas où le mettre. Dans les igloos, il se faisait bouffer les pieds par les rats. Ces bestioles bouffent tout, grattent tout, le bois, le ciment, mais pas le verre. Pour la chapelle, avant de couler la chape de béton, ils ont mis du verre cassé pour empêcher les rats de passer. Les Noëls, je m'en rappellerai toujours. La veille au soir, tous les habitants qui le voulaient se rassemblaient sur la place de la Sainte Vierge avec les volontaires et notre curé.

A la lumière des lampions, dans les allées du camp, la procession se dirigeait alors vers la chapelle pour la messe de minuit. Les enfants se chamaillaient pour porter les petites lumières magiques mais fragiles, si bien qu'à l'arrivée, très peu de lampions n'avaient pas pris feu. Les femmes prenaient soin d'éteindre ceux qui restaient, avant de s'engouffrer avec les enfants dans la petite église. La plupart des hommes et les jeunes restaient dehors ou au fond. A l'intérieur, les gens chantaient sans trop savoir, suivant comme ils pouvaient la chorale des volontaires, couverte par la voix perçante du Père Joseph. Même pendant les temps de silence, il y avait de l'animation. Les gamins s'en chargeaient, grondés ou pas par leurs parents. Il y avait là plusieurs religions. Même ceux qui n'en avaient pas s'y retrouvaient. Moi-même, je commençais à aimer cette petite chapelle qui mc rapprochait de quelque chose que je croyais avoir perdu pour toujours.

A la fin de la messe, le Père Joseph et les volontaires invitaient tout le monde au foyer. Sortant de l'église, sur le chemin défoncé, les cent fidèles devenaient bientôt trois cents et plus, pour le réveillon. Dans la grande salle, du chocolat chaud était servi. Discrètement, plusieurs volontaires disparaissaient pour revenir, tout d'un coup, déguisés en Rois mages, en personnages de la Crèche, chargés de paniers remplis de cadeaux. Je me rappellerai toujours ces visages d'enfants transformés, leurs yeux brillants comme des étoiles. J'entends encore leur voix qui s'émerveille quand ils étaient appelés, chacun par leur nom : « Regarde maman, la belle poupée ! », « Regarde maman, la belle voiture ! » Je n'ai jamais vu des enfants aussi heureux en recevant un simple jouet. Moi qui n'avais pas connu ça – petit, je jouais avec des boutons – j'étais tellement content pour eux !

Ensuite, les volontaires apportaient le repas. Alors que nous mangions tous ensemble, le Père Joseph ne tenait pas en place. Je l'observais toujours, de loin, craignant vaguement qu'il lui arrive quelque chose. Il allait de table en table. Des volontaires aussi. Ici, un homme au bout du rouleau trouvait la force de se redresser parce que quelqu'un lui avait serré la main ; là, une femme souriait, fière d'être embrassée par ce prêtre, comme si, à chaque fois, un dialogue d'avenir s'était ouvert, où tous semblaient puiser un courage énorme. Après les cantiques de Noël, pouvait résonner *Le Temps des Cerises*. Et l'espoir sortait de la nuit. En regardant toutes ces femmes chanter, avec les autres, je reprenais : « Les belles auront la folie en tête et les amoureux du soleil au cœur »...

Des enfants

Combien d'hivers il faudrait encore passer dans ces igloos aux tuyaux de poêle rougissants ? Ce matin-là, une fois de plus, j'allais chercher du bois. J'étais près de la chapelle quand j'ai entendu les pompiers. Je me retourne et je vois une colonne de fumée, sur la place en bas vers l'épicerie. En accourant avec les autres, j'entends crépiter comme des coups de feu. Ce n'était pas la première fois et je savais ce que ça voulait dire : un igloo brûlait.

Dans ces cas-là, les gens arrivaient tout de suite avec des seaux pour essayer d'éteindre le feu. Mais très peu de pompes fonctionnaient et, on avait beau se relayer pour faire tourner la manivelle, l'eau manquait. En plus, il fallait faire gaffe : avec la chaleur, les tôles de fibrociment explosaient comme des pierres de volcan. Quand les pompiers sont arrivés, c'était trop tard.

– Y a personne à l'intérieur ?

– Non ! Quelqu'un aurait crié ! La femme a dû conduire ses enfants à l'école.

Soudain, la mère arrive. Elle hurle en se tenant la tête :

– Mes enfants ! mes enfants ! Ils sont où, mes enfants ?

C'est là qu'on a compris. Ses derniers, trop petits pour aller à l'école, étaient dedans.

Les pompiers se sont demandés pourquoi l'igloo avait brûlé si vite. Comme souvent, pour protéger leurs enfants et garder la chaleur, les gens avaient mis du carton contre les tôles, du papier goudronné et des chiffons dans les fentes. L'igloo avait pris comme une torche.

J'en ai vu plusieurs tenter de foncer dans le brasier, mais les flammes étaient trop grandes. Dans les restes fumants, deux petits corps ont été retrouvés, des petites poupées, ni plus ni moins, complètement calcinées. On n'aurait pas su dire que c'était des enfants. Toute ma vie j'en resterai marqué : des enfants qui brûlent et personne qui puisse les sauver…

Au moment du drame, les volontaires étaient sur place. Je me souviens de Francine serrant les parents dans ses bras. Ce jour-là, le Père Joseph, malade, était absent. Dans un malheur pareil, on a beau parler, parler, le père et la mère qui n'ont plus leurs enfants, ils n'entendent plus rien. Mais, je me rappelle que sur le moment, ils répétaient une chose : « Où est le Père Joseph ? Où est le Père Joseph ? ».

Il est rentré dès qu'il a appris. Je l'ai vu marcher avec cette femme et cet homme recroquevillés par la douleur. Puis je les ai vus se redresser.

V. Je deviens homme

Apparition

Dans cette vie de malheur, la simple vue d'une jolie fille était pour nous comme une apparition. Encore plus quand la fille venait d'ailleurs. La première fois que je l'ai vue, elle marchait le long du foyer. Une silhouette au physique parfait. Elle a remarqué que mes yeux étaient scotchés sur elle. Et moi je pensais : « Ah là là, cette nana !... »

Elle se dirige vers le bâtiment où les volontaires prennent leurs douches. D'autres filles y sont déjà. Je me dis : « Chouette, je vais prendre une douche avec elles. » Mais elles me voient arriver et ferment le verrou. Je les entends rigoler à l'intérieur. Alors j'attends, j'attends. Elles aussi attendent.

Que je m'en aille certainement. C'est ce que je finis par faire.

Quelques jours plus tard, je rencontre à nouveau la jolie demoiselle. Je l'accoste :

– Vous savez que vous êtes belle !

Elle me sourit, gênée, et ne bouge plus. J'en profite :

– L'autre jour, à la douche, pourquoi vous avez fermé la porte ? Je n'avais pas le droit de prendre une douche, moi ?

Un peu troublée, elle éclate de rire.

– C'est une douche pour dames !

– C'est bien dommage !... J'aimerais bien savoir votre nom.

Hésitante, elle me fait :

– Je m'appelle Gabrielle.

Évidemment, il a fallu que le Père Joseph rapplique. Soulevant sa soutane pour aller plus vite, il s'approche de nous. Il a très bien compris où je voulais en venir.

– Dis donc, vieux frère, tu n'emmerdes pas les volontaires, hein ? hein ?... Gabrielle, Gabrielle, les filles t'attendent au foyer.

Rougissante, Gabrielle s'éloigne sans dire un mot. Le Père Joseph :

– Toi, j'ai à te parler…

Il patiente un peu, le temps qu'elle soit assez loin. Puis :

– Je ne veux pas que tu embêtes cette fille.

– Mais je l'embête pas !

Bras tendu vers moi, il agite la main et fait :

– Te, te, te… Je te connais hein…

– Attendez, mon père. On ne faisait rien de mal !

– J'espère bien !

Il pose sa main sur mon épaule, et m'entraîne avec lui. Quand il avait quelque chose d'important à dire à quelqu'un, c'était toujours en marchant sur le chemin qui faisait le tour des bâtiments. J'appelais ça le chemin du contraste. Parfois, ça criait, parfois c'était tout calme. Cette fois-ci, je croyais en prendre pour mon grade. Mais non.

– Tu sais, toutes ces jeunes filles, elles ne sont pas venues ici pour qu'on leur tourne autour.

– Mais, mon père, c'est quand même des femmes !

– D'accord, vieux frère, d'accord. Mais tu sais, il y a un temps pour tout.

J'ai dit oui pour éviter de le contredire. Il est parti, levant son bras. Et dans le signe de sa main, j'ai compris : « Je t'ai à l'œil ! »

Peu après, je revois Gabrielle.

– J'espère que tu t'es pas fait engueuler à cause de moi, l'autre jour.

Je me doutais bien que si. Mais elle reste évasive. Et comme je lui redis que j'ai des sentiments pour elle, elle m'explique :

– Tu sais, Bernard. Pour le moment, ma priorité, c'est les familles du camp.

– Et moi, j'en suis pas des familles du camp ?

– C'est pas pareil, tu sais bien.

Pris au dépourvu, je n'ai pas insisté. Mais, honnêtement, j'ai pensé : « Je t'aurai quand même. » Bien sûr, j'ai été un peu déçu qu'elle ne veuille pas que je la fréquente. Avec le temps, elle m'a fait comprendre que ce n'était pas la peine que j'insiste. Pour l'amitié, oui, pour autre chose, non. Mais j'avais toujours l'œil sur elle. Pas question de laisser un autre lui faire les yeux doux. Au fil des ans, j'ai bien vu qu'elle avait choisi de rester libre pour tout le monde. A cause de ça, j'avais de plus en plus de respect pour elle. A mes yeux, elle devenait intouchable, et si quelqu'un avait voulu la toucher, il aurait eu affaire à moi. Je n'ai plus jamais essayé de la draguer. Depuis, notre affection est restée intacte.

L'Aronde

Notre vie de garçon, en dehors du travail et des filles, c'était le foot. Dès qu'on avait cinq minutes on tapait dans un ballon. Parfois une mère nous fabriquait une boule avec des chiffons. Ça ne résistait pas longtemps, mais en attendant, on pouvait se défouler sans faire de conneries. Ou bien on allait sur un stade piquer un ballon, quitte à se bagarrer pour, et tous les jeunes du camp pouvaient en profiter. « Viens jouer avec nous ! » C'était l'ouverture d'un couvercle.

Chez nous, il y avait des Français bien sûr, mais aussi beaucoup d'étrangers : Hongrois, Polonais, Tchèques, Italiens, Belges, Espagnols... Des pays d'Afrique, en particulier Marocains, Tunisiens, Algériens. Entre gars, on jouait au foot tous ensemble, même pendant la guerre d'Algérie. Bien sûr certains ne se mélangeaient pas, mais pour la plupart, malgré cette guerre dont on n'osait pas trop parler, un lien énorme nous unissait. Quand la radio annonçait qu'il y avait eu des morts, les gens avaient de la peine, aussi bien pour les Algériens que pour les Français.

A cette époque, dans la nuit du camp, on avait repéré une Aronde dont le moteur ronronnait doucement, pour ne pas se faire remarquer. Ceux qui étaient dedans se croyaient peut-être invisibles, mais nous, les oiseaux de l'ombre, on savait qu'ils venaient chez Untel, ou chez un autre, d'origine algérienne, pour exiger de l'argent pour leur cause.

Souvent, j'allais voir Sulliman, un de mes meilleurs copains marié à une Française. Chez lui, on jouait aux cartes. Au poker pour de l'argent. On avait deux fois rien, mais on jouait quand même, justement parce qu'on en avait marre de ne jamais rien avoir. Même avec un salaire, pour ceux qui en avaient un, jamais on ne pourrait devenir riche, on le savait bien. En jouant, on avait au moins l'espoir d'avoir plus. Bien sûr, c'était l'impasse, parce qu'après, c'était pire. Mais l'appât du gain vous rend fou… J'ai même connu un gars qui avait failli jouer sa femme.

Un soir, en pleine partie, on entend le moteur de cette fameuse Aronde qui s'arrête dans l'allée devant l'igloo. Puis des coups sur la porte. Vite, on cache l'argent dans nos poches. Sulliman ouvre à deux hommes, passe-montagne sur la tête, armés de mitraillettes qui dépassent du manteau. Surpris de nous trouver là, ils demandent à Sulliman de sortir avec eux. Longtemps on les entend parlementer, moteur tournant toujours, le troisième larron au volant. Bientôt, mon copain revient, le visage blanc, déformé par la peur, il appelle sa femme :

– Donne-moi de l'argent, vite.

– Quel argent ? Tu sais bien que j'en ai pas.

– Il faut que je les paie absolument, sinon tu ne me reverras plus.

L'un d'eux qui nous surveille confirme :

– Si tu paies pas, on t'embarque.

Nous, on commence à remuer. Il nous met en joue.

– Restez tranquilles, vous autres.

Du pied, sous la table, j'interroge Donge et Armand. On se comprend. Tout de suite Donge dit :

– On va payer pour lui.

L'autre, sans doute le chef :

– C'est pas à vous de payer. On accepte pour cette fois, parce qu'il a des enfants. Mais la prochaine, c'est lui qui donnera, sinon…

On a jeté sur la table tout l'argent qu'on avait. Sulliman a tout ramassé, leur a donné, et ils ont disparu. Quand le bruit du moteur s'est évanoui dans la nuit, il nous a dit merci, d'une voix brisée.

– Vous êtes plus que des potes. C'était la deuxième fois qu'ils revenaient. Si vous n'aviez pas fait ça, pour moi, c'était fini.

Bien sûr, on n'a parlé de cette histoire à personne.

Soutien de famille

A l'âge de faire mon service militaire, j'ai reçu ma convocation. Très tristes, les copains algériens m'ont dit, comme ils disaient aux autres : « Ne tue pas nos frères et ne te fais pas tuer non plus. »

Bien sûr, je ne voulais tuer personne. L'armée pour moi, comme pour les autres jeunes du camp, c'était d'abord une ouverture, l'espoir de revenir, avec un métier, le permis de conduire, une situation, qui sait ? Partir au Service national signifiait que j'allais enfin être reconnu Français à part entière. Au Raincy, je me suis donc présenté plein d'espoir.

C'est là qu'on m'a expliqué : « Votre frère Walter ayant déjà été incorporé, votre mère étant seule avec huit enfants, vous êtes exempté, en tant que soutien de famille. » Beaucoup penseront que j'aurais dû être content. En réalité, je suis sorti humilié. Dans notre milieu, faire son service, c'était devenir adulte. Au point que certains réformés du camp se tournaient vers la délinquance, pour prouver qu'ils étaient quand même des hommes. Cela peut sembler stupide, mais j'ai été à deux doigts de faire comme eux.

Encore aujourd'hui, d'avoir été refusé comme soldat, ça me travaille. Et quand on me pose la question, de honte, il m'arrive encore de mentir : « Oui, j'ai fait mon service, comme tout le monde. »

A croire qu'elles savaient

Jeannine, la première fois que je l'ai rencontrée, c'était devant les chiottes. Un bâtiment en parpaings, construit tout en longueur, une vingtaine de cabinets à la turque, alignés de chaque côté avec des portes. A l'entrée, un trou – pas trop large pour qu'un enfant ne tombe pas dedans – servait à vider son pot de chambre.

Vers le soir, j'arrive, je vois une petite jeune fille, cheveux bruns tombant sur les épaules, des yeux formidables, qui m'attire tout de suite. On se regarde, chacun avec notre pot de chambre et on éclate de rire. Je dis :

– Tu viens pour la même chose que moi.

Elle rougit. Pour la mettre à l'aise, j'ajoute :

– On est vraiment dans la merde.

Nous faisons quelques pas. Elle reste là. Moi aussi.

– D'où est-ce que tu viens ?

– De Conflans-Sainte-Honorine, une cité Emmaüs. C'était mieux là-bas.

Elle non plus ne comprend pas cet endroit où nous vivons : pourquoi ces w.-c. publics, ces maisons toutes rondes sans l'eau courante, ni la lumière ?

Avant de se quitter, je demande à la revoir. Ce n'est pas facile parce qu'à l'époque, les parents disaient beaucoup à leurs filles : « Attention aux coureurs de jupons ! » Alors elle se méfiait. Mais à force d'insister, j'ai quand même obtenu mon premier rendez-vous pour le lendemain. Au moment où elle allait rentrer dans son igloo, je lui crie :

– A quelle heure ?

Sans parler, elle lève les deux mains et me montre sept doigts.

Essayer de draguer autour d'un pot de chambre, ça peut paraître bizarre. Mais pour nous, c'était une solution comme une autre. Ce pot de chambre, c'était un laissez-passer, autant pour les filles que pour les gars. Avec ça, les filles avaient le droit de sortir. Et les parents, ça les arrangeait : ils avaient bien autre chose à faire.

Le lendemain, elle arrive, toute coquette, un peu de rouge à lèvres, bien coiffée, un pantalon qui met en valeur ses formes… et avec son pot de chambre.

On parlotte un peu, mais elle comme moi avons une autre idée en tête. A la hâte, nous cachons nos seaux derrière le bâtiment, nous traversons le champ de blé jusqu'au bosquet. Près de la petite mare où les grenouilles croassent, on s'assoit. Je la regarde.

– Qu'est-ce que t'es belle, toi !

– Toi aussi t'es beau…

Nos paroles nous donnent envie de nous embrasser. Elle n'attendait que ça. Dans la mare, les grenouilles sautaient de joie. A croire qu'elles savaient.

Après un long moment ensemble, elle panique.

– Faut que je rentre, sinon mon père va se demander ce que je fais. Il risque de venir à ma recherche.

Alors qu'elle s'éloigne, je lui demande :

– Au fait, tu t'appelles comment ?

De son petit sourire coquin, elle répond :

– Je m'appelle Jeannine.
– Moi, c'est Bernard.
Je ne lui ai pas demandé son nom de famille.

On s'est encore donné rendez-vous, mais souvent elle ne pouvait pas sortir. Alors, elle me disait de venir derrière son igloo, tard le soir, quand ses parents dormaient. Je sautais le grillage et, comme Roméo et Juliette, – elle à l'intérieur devant sa fenêtre, moi à l'extérieur face à elle – on se disait des mots doux. Le moment venu, j'enjambais la fenêtre. On s'embrassait dans un coin de la chambre, au son des ronflements de sa mère, tout près de nous, et de son père dans l'autre pièce.

La tentation était grande d'aller plus loin, mais j'avais du respect pour ses parents et je ne voulais pas faire ça devant eux. Ça durait longtemps. On ne se quittait jamais sans se donner un autre rendez-vous.

H 6

Jeannine et moi, on s'aimait. On voulait faire notre vie ensemble. Mais son père ne voulait pas en entendre parler. Je pouvais voir sa fille en restant devant leur porte, mais que je sorte avec elle : pas question. Il avait de l'amour pour sa fille. Mais moi aussi j'avais de l'amour pour elle. Le nôtre a été plus fort. Jeannine voulait vivre et avoir des enfants avec moi. Elle était déjà enceinte de plusieurs mois quand nous sommes allés demander un igloo au Père Joseph.

Nous l'avons trouvé en train d'écrire.

– Qu'est-ce qui se passe, vieux frère ? Et toi, la petite Polonaise, toujours amoureuse ?

Retenant son sourire, elle s'est tournée vers moi : « Je l'adore, mon Prussien » qu'elle a dit.

– Qu'est-ce qui vous amène, tous les deux ?

J'explique :

– Jeannine est enceinte.

– Formidable ! C'est du sérieux, au moins…

– On voudrait se marier dès qu'on pourra, mais pour l'instant on voudrait vivre ensemble. Le problème c'est que, chez ma mère, avec mes frères et sœurs, y a pas de place. Et chez les parents de Jeannine non plus. En plus, son père ne veut pas de moi.

– Pourquoi ? demande le Père Joseph, étonné.

– Je suis Allemand et lui c'est un Polonais.

– Moi aussi, je suis d'origine polonaise, fait-il remarquer.

Je reprends :

– A cause de la guerre, il doit croire que tous les Allemands sont mauvais.

– J'irai le voir. Ne vous inquiétez pas. Si ça ne s'arrange pas, on vous trouvera un igloo. En attendant. Mais vous savez bien, pour votre futur enfant, c'est pas une solution.

Un mois après, on avait le H 6. Il était temps.

Michel, comme l'ange.

La veille avec Jeannine, on dansait ensemble. Elle adorait danser. Je lui disais : « Attention, tu risques d'accoucher avant l'heure ! » Le lendemain matin, elle avait les douleurs. J'ai appelé une ambulance pour l'emmener à la clinique du Plessis-Trévise. Je ne pouvais pas l'accompagner, je venais de trouver du travail. Ce n'était pas le moment de perdre ma place. Je savais que Jeannine était dans de bonnes mains. Dès qu'il apprend la nouvelle, mon patron me donne mon après-midi. En revenant du boulot, je passe voir Micard à l'accueil. Quand il m'aperçoit, triomphal, il caresse sa grande barbe de Merlin l'Enchanteur, et m'annonce :

– Bernard, Bernard, une bonne nouvelle : tu as

un fils ! Et ta Jeannine t'attend avec impatience.

Un ami me dépose à la maternité. Je monte en courant, pressé de voir ma femme et mon fils. Dans le couloir, je demande à quelle chambre est Madame Wozniak. J'arrive devant elle, je l'embrasse avec force, mais aussitôt inquiet :

– Où est notre enfant ?

Elle me rassure :

– Elles sont en train de lui faire sa toilette.

Avant que je sorte le voir, elle me dit :

– Il a plein de cheveux. Un vrai Beatles.

Trois femmes en blouse lavent des bébés dans une pièce blanche avec des petits lits.

– Je viens voir mon fils.

– Vous êtes le mari de qui ? me répond l'une d'elle.

– De Madame Wozniak.

D'un geste, elle me fait :

– Il est là, votre bébé.

Je le regarde, surpris :

– Mais c'est pas celui-ci ! Ma femme m'a dit qu'il avait plein de cheveux sur la tête.

Elle insiste :

– Si, si, c'est lui.

– Je vous dis que non. Je vois bien que c'est pas mon fils ! C'est ma femme qui a accouché. Elle reconnaît son enfant !

Le fait que je hausse le ton ameute le personnel. Vexée que je mette sa parole en doute devant les autres, la soignante retient sa colère.

– Bon, écoutez, amenons-le à votre femme. On va bien voir.

En arrivant dans la chambre avec le bébé, j'étais plus énervé qu'elle. Elle l'a mis dans les bras de ma femme en disant :

– Voilà votre bébé. Il est propre.

– Mais, c'est pas mon fils ! s'exclame aussitôt Jeannine. Le mien, il a plein de cheveux.

L'autre commence enfin à se poser des questions. Elle repart avec l'enfant et elles reviennent à trois, chacune avec un bébé dans les bras.

– C'est lequel le vôtre ?

– Celui qui a le plus de cheveux, dit Jeannine.

Il était facile à reconnaître : il avait une touffe d'herbe sur le crâne.

– Excusez-nous, dit alors l'une d'elle. Ma collègue est nouvelle.

Peut-être qu'elle avait inversé les bracelets. Je ne sais pas. Elles auraient probablement fini par s'en rendre compte, mais quand même…

Enfin, j'ai pris mon fils dans mes mains, l'enfant de notre amour. Habitué à soulever des charges lourdes, j'avais peur de le casser. Je l'ai embrassé de tout mon cœur, en pensant à la chance que j'avais d'avoir un enfant.

– J'espère qu'il n'aura pas à souffrir comme nous, dit Jeannine.

– T'en fais pas, je me battrai pour qu'il ait une autre vie.

– Faut que tu ailles à la mairie faire la déclaration.

Comment l'appeler ? Je voulais lui donner plusieurs prénoms allemands. Jeannine était d'accord. Le jour même, au service de l'État civil, j'ai présenté le livret de famille de mes beaux-parents, celui de ma mère et, en plus du certificat de la maternité, un papier provisoire d'identité de la sous-préfecture du Raincy. La femme qui me reçoit me fait des sourires chichiteux jusqu'à ce que je lui annonce les prénoms pour mon fils : Walter, Heinrich, Hans et Bernd. Quatre, comme mon père. Elle refuse tout. Aussitôt, je m'emballe.

– Vous rigolez ou quoi ?

– Monsieur, c'est français ou rien.

Je commence à transpirer de rage. Mais je me retiens.

– On m'a dit que j'avais le droit de choisir ces prénoms-là.

– Non.

Elle me montre son registre.

– Vous voyez bien, allemand ou pas, les seuls prénoms admis sont ceux qui figurent au calendrier.

Je bouillais mais je suis resté poli.

– Vous croyez pas, madame, que c'est parce que je suis d'origine étrangère ?

– Ça n'a rien à voir, monsieur, et je n'ai pas que ça à faire. Il y a du monde après vous.

J'ai jeté un œil derrière moi. Je n'ai vu que des sourires d'immigrés. J'étais dégoûté, mais il valait mieux arrêter de discuter si je voulais que mon fils soit inscrit dans les règles. Une fois de plus, je me sentais bloqué par une glace invisible.

Jeannine s'attendait à ce refus. Plusieurs fois, elle m'avait dit que son père avait voulu l'appeler Nichka, un prénom polonais mais, comme nous, il avait dû se rabattre sur un prénom français. Finalement, on a convenu d'appeler notre fils Michel, comme l'ange.

Sa naissance a marqué la réconciliation entre les Jährling et les Wozniak, la famille des Allemands et celle des Polonais. Aussitôt après, le père de Jeannine m'a ouvert sa maison. Il travaillait dans le camp. C'est lui qui entretenait tout. Dès que Michel a su marcher, il a voulu l'emmener partout avec lui. Il appelait son petit fils « Boboye ». Quand je les regardais tous les deux, j'étais fier qu'il aime autant notre fils, fier aussi qu'il ait changé d'avis sur moi.

Les pendules à l'heure

On avait un fils, on avait un toit, et par chance, depuis quelques mois, j'avais un bon travail. Chez Martin, une menuiserie rue de la Jarry à Fontenay-sous-Bois. J'avais d'abord été embauché comme manœuvre, et j'étais vite devenu machiniste spécialisé dans la fabrication des pendules. Il s'agissait de coller du Formica sur des plaques de bois aggloméré, puis de les couper en forme de pendule, un cœur, un rond, une fantaisie, avant de les percer pour fixer derrière le mécanisme de l'horloge lui-même. Enfin, on les peignait avant qu'une autre usine, en face, installe le boîtier.

J'étais si content de réussir dans ce travail. Le patron, M. Martin était très satisfait de moi, au point que mon chef en devenait jaloux. Il avait peur que je lui prenne sa place.

Quand le patron a appris que j'avais eu un fils, comme il savait d'où je venais, il a voulu nous donner un beau vaisselier, table, chaises, tout un salon à l'état neuf dont il n'avait plus besoin. Pour ma famille, c'était une aubaine. A partir de là, le chef d'atelier a commencé à me chercher des noises. Alors je lui ai dit: « Écoute, maintenant que j'ai un bon travail, et qui me plaît, tu vas pas me les casser. » Il a menacé de tout faire pour que je sois viré. Direct, je lui ai mis un coup dans les babines, devant les gars de l'atelier.

Vexé, il est allé pleurnicher au patron. M. Martin m'a convoqué. Il voulait comprendre. « C'est lui qui me cherche. Depuis que vous m'avez nommé responsable des pendules, il peut plus me sentir. » La première fois, il a passé l'éponge. Mais l'autre ne m'a pas lâché. Une à deux semaines plus tard, alors que je chargeais le four à copeaux, il est revenu me provoquer. Furieux, je me suis jeté sur lui dans la sciure, à deux doigts du four brûlant, le menaçant du poing: « T'es content maintenant?! »

En me relevant, je suis allé aussitôt dans le bureau du patron. « Je m'en vais, sinon il va y avoir un malheur. » Il a essayé de me retenir. Je l'estimais en tant qu'homme qui avait su comprendre ma situation, je ne voulais pas lui créer des ennuis. C'est à cause du respect que j'avais pour lui que j'ai préféré m'en aller.

Qu'est-ce que je pouvais faire après ça, maintenant que j'étais devenu père de famille ?

Quand ceux du camp avaient besoin d'aide, ils allaient parler à M. Aparicio ou à Mme Parmentier, ou bien au Père Joseph. Moi, en dehors de ma mère, c'est toujours vers lui que j'allais dans ces moments-là. Cette fois, je lui ai parlé de tout ce qui se passait dans ma vie et je lui ai demandé s'il avait du travail.

Coudes sur la table, le Père Joseph a écarté les mains et remué la tête :

– Tu sais, Bernard, (c'était la première fois qu'il m'appelait Bernard) c'est pas en tapant sur les gens à la moindre occasion que tu vas y arriver.

Je savais très bien que je n'étais pas facile. A force de ressentir le mépris, je finissais par devenir une bête sauvage. Mais lui ne m'a pas dit : « T'es un voyou ».

– Vieux frère, tu as une porte ?

Qu'est-ce qu'une porte venait faire là ? Je fais oui, sans comprendre. Il continue :

– Tous les jours, tu l'ouvres. La nuit, il fait noir. Mais le jour, quand tu l'ouvres, qu'est-ce que tu vois ?

Interloqué, je réponds :

– Ben… la lumière !

– Alors, montre-la aux autres.

Il me souriait, pensif. Je n'y comprenais rien mais, dans ses yeux, je percevais tout l'espoir qu'un père veut donner à son fils.

– C'est bien beau, mais comment voulez-vous que je fasse ?

– Écoute, j'ai quelque chose à te proposer. Je n'ai pas de moniteur de sport. Il y a beaucoup de jeunes dans le camp. Ils n'ont pas de terrain de sport, ils ont tellement envie de jouer au foot. Si tu t'en occupais ?

– M'occuper des jeunes ? Je veux bien… Mais j'ai une famille maintenant. Et sans salaire, comment je fais ?

Il ouvre ses mains comme s'il me tendait un cadeau.

– Mais je t'embauche !

D'un coup, ça s'est mis à cogner dans ma poitrine.

– Je commencerais quand ?

Il lève les bras :

– Mais vieux frère, vieux frère, tout de suite ! Tu devrais déjà être parti !

A ce moment précis, il y a eu un chamboulement dans ma vie. J'ai couru tout heureux dans les allées du camp, à la recherche de tous les jeunes pouvant travailler avec moi pour préparer le terrain de foot.

Le lendemain, avec les gars de ma génération et d'autres un peu plus jeunes, on a commencé à ratisser l'endroit où se trouvait l'ancienne usine à parpaings. On se serait cru dans *Blanche Neige et les sept nains*, tous à chanter avec nos pelles, nos pioches, dans la poussière de ciment qui noircissait les narines des plus petits... Nous qui étions souvent chassés des autres terrains, voilà qu'on pouvait s'en faire un à nous ! L'herbe n'aurait jamais le temps d'y pousser, mais personne ne pourrait nous le prendre.

Quelques mois plus tard, une fois notre équipe sur pied, on s'est tous cotisé avec le Père Joseph pour avoir chacun une vraie tenue de joueur... Tony, d'origine italienne, avait eu l'idée des bandes rouges et noires, couleurs du Milan A.C.. Arrive le jour du premier match, à Lagny-sur-Marne. Tout excité dans les vestiaires, Tony, les yeux brillants, me dit :

– Nanard, Nanard, jamais j'aurais pensé jouer dans une équipe. Donne-moi vite mon maillot, j'ai envie de le mettre !

Je leur donne à tous, pressés qu'ils sont d'entrer sur le terrain et de montrer leur équipement neuf à leurs adversaires.

– Ne les salissez pas avant le match !

Tony :

– Tu rigoles ! Même après, mon maillot ne sera pas sale. Et ce soir, quand j'irai dormir, je vais le mettre sous mon matelas. Il sera repassé pour le prochain coup !

Il venait de faire un gros orage. Le terrain était impraticable, presque entièrement inondé. Les autres auraient préféré reporter. Nous, on n'a pas voulu. Ce premier match, on l'a gagné trois à un. A la fin, Tony a dit :

– Vu l'état de mon maillot, vaut peut-être mieux pas le mettre sous mon matelas…

Les bacs à fleurs

Le Père Joseph voulait aussi que j'accompagne les plus jeunes dans leurs recherches d'un travail. Ça voulait souvent dire douze kilomètres à pied jusqu'à la Porte de Vincennes, faute d'avoir de quoi payer le bus. Pour le métro, on se faufilait comme les rats. Mais au bout de tout ça, le plus souvent : *nada*. Au moins, ça nous entraînait pour le foot. Faire travailler ses pieds, ses méninges, sa tête, son cœur ou ses mains, ça nous empêchait de rouiller comme la ferraille.

– Est-ce que tu sais faire de la maçonnerie ?

Il posait toujours ses questions de façon directe. Cette fois, c'était près du jardin d'enfants.

– Oui, c'est mon métier.

Je me suis revu avec mon frère Peter chez Hivernat, où Pierre, le Berrichon, m'avait appris à monter des murs droits, à jouer du fil à plomb, de la truelle, de la massette, de la hache… Quelle chance j'ai eue par rapport à certains de mes copains qui sont tombés dans la crevasse. Eux n'ont trouvé personne pour les comprendre. Moi, je suis toujours sur la balance. Il suffit d'un cheveu et tout bascule. Toujours cette carapace de cafard qui me pourrit la peau, mais aussi toujours cette petite étincelle qui me remet en marche. A cet instant, elle a la voix du Père Joseph :

– Ce serait bien que les petits du jardin d'enfants grandissent au milieu des fleurs. Tu pourrais faire des bacs en ciment ?

Tout heureux, je me mets au travail. Les bacs à fleurs terminés, il vient voir, satisfait.

– Enfin, j'ai trouvé un bon maçon.

Du coup, il me donne d'autres choses à réaliser. Pas simplement comme exécutant, mais comme responsable qui doit prendre des initiatives.

Bientôt, je suis débordé.

– Père Joseph, vous croyez vraiment que je peux être responsable du sport et des jeunes et, en même temps, de la construction ?

– Je me doutais que tu viendrais me dire ça. Tu as raison, tu ne peux pas tout faire. Pour le sport, on peut trouver à te remplacer, mais pour la construction, c'est de toi dont j'ai besoin.

A partir de là, c'est mon pote Tony qui m'a remplacé au sport. J'étais content qu'il ait cette chance, lui aussi.

Voyant que je travaillais bien la maçonnerie, le Père m'a dit :

– Quand les nouveaux volontaires vont venir, tu les prendras avec toi pour qu'ils apprennent à travailler de leurs mains. Mais reste toi-même, hein, et pète pas plus haut que ton cul !

Souvent, il me mettait au pied du mur en me faisant entreprendre des travaux que je n'avais jamais appris. « Vieux frère, tu es capable de le faire. Je sais que tu es capable. » Toujours il me poussait à aller de l'avant.

– Est-ce que tu peux construire en pierre ?

– Je monte des murs, mais en pierre, je n'ai pas eu beaucoup l'occasion.

– Eh ben, tu l'as.

Près de la bibliothèque où les enfants venaient

lire après l'école, avec leurs parents parfois, il voulait que je fasse quatre piliers en pierres taillées. Il sort un papier et un crayon de sa grande soutane et, en une minute, me fait un croquis. Avec ça, il fallait que je monte un bâtiment.

– Vous rigolez ou quoi ? Je suis pas le Bon Dieu !

– Ça, je le sais !

Un peu en colère, il rumine et, en s'éloignant, il dit :

– Allez, vieux frère, au boulot !

– Mais je vais monter avec quoi ? J'ai pas de sable, pas de pierres, pas de parpaings, pas de ciment…

Sans se retourner, il crie :

– Tu te démerdes !

C'était sa réponse. J'ai donc commandé par téléphone tout ce qu'il me fallait comme matériaux. Le lendemain, j'étais en train de creuser les fondations quand le camion est arrivé. J'indique au chauffeur où vider tout ça, puis je lui demande :

– Vous savez pas où il y aurait de la pierre de taille dans la région ?

J'ai bien fait de lui demander. Il me répond, dans son accent arabe :

– Ils sont justement en train de démolir des

murs au bord de la Marne. Les pierres, ils les foutent en l'air.

Je lui dis gentiment :

– Ce qui est embêtant, c'est qu'on n'a pas beaucoup d'argent pour en acheter, ni de camion pour les transporter…

Lui :

– Écoute, tes pierres, dans l'après-midi, au lieu de les balancer sur une décharge, je peux t'en ramener deux camions.

Aussitôt, je lui dis :

– Je te donnerai quelque chose.

– Tu rigoles ! Pas la peine. Ce sera ma participation.

J'ai senti qu'il était comme nous. Il connaissait la valeur de cet argent qui peut détruire autant qu'il peut faire le bonheur. Je ne sais pas ce qu'on lui avait dit, mais d'après ses réflexions, j'ai compris qu'en ville on commençait à parler de nous, et pas seulement en mal. J'ai attendu avec impatience qu'il revienne. Comme promis, il est arrivé avec un premier chargement. Au second voyage, nous nous sommes serrés la main.

– Tu t'appelles comment ?

– Ali.

– Ali Baba et les quarante voleurs ! Je te préviens, ici, on est plus de quarante !

Quand il rit, je remarque qu'il a une dent en or. Je pointe mon doigt sur les miennes.

– Dis donc, t'es riche, toi !

Il me répond :

– Si un jour j'ai plus rien, au moins, je pourrai la vendre pour acheter à manger.

Quand on s'est quittés, j'étais tellement content, tellement curieux aussi, que j'ai pris tout de suite une pierre pour voir si j'étais capable de la tailler.

A ce moment-là, le Père Joseph s'est approché, en compagnie d'un couple. En faisant des grands gestes, il criait, il criait. Je n'ai jamais vu un homme crier si fort. Avec sa soutane, on aurait dit un épouvantail en plein vent. Je tendais l'oreille, curieux de savoir ce qu'il pouvait bien dire :

– On n'a pas le droit de décevoir les familles comme ça ! Faut pas être couillon ! Faut pas être couillon !

Il était vraiment hors de lui. Et moi, je pensais qu'ils avaient dû faire une sacrée connerie.

Le couple parti, le Père Joseph vient vers moi, apaisé :

– T'es encore là !

Tout en taillant ma pierre, je réponds :

– Faut bien ! Vous m'avez mis à l'épreuve.

– A l'épreuve ? C'est quoi cette épreuve ?

– Vous me faites tailler de la pierre et je ne l'ai presque jamais fait.

– Tu y arrives. Tu vois bien, t'es pas plus con qu'un autre.

C'est vrai que, sous les caresses de ma hache, la pierre prenait forme. Je lui fais remarquer :

– Père Joseph, tout à l'heure, vous avez crié rudement fort !

Il s'attendait à cette question. Calmement, il m'explique :

– Tu sais, vieux frère, quand les volontaires vont vers les familles, c'est pour leur apporter un soutien, pas pour les casser encore plus. Voilà pourquoi j'ai crié. Si on ne peut pas avoir confiance en eux…

Continuer à mériter cette confiance qu'il mettait en moi, c'est ce que j'espérais le plus.

On aurait pu avoir une fille

Quelques années après la naissance de Michel – combien ? je ne sais plus – Jeannine m'annonce qu'elle est de nouveau enceinte. J'étais tellement heureux ! Des mois passent, voilà qu'elle se plaint de maux de ventre. J'appelle le médecin qui l'envoie à l'hôpital de Montfermeil. Elle y reste quelques jours. Je vais la voir :

– Comment tu vas ?

Gênée, elle me répond :

– Ça va…

– Le bébé, il n'a rien ?

– Non, non, c'est juste un problème de femme.

Je sens bien qu'elle me cache quelque chose.

Le jour de sa sortie, arrivant chez nous à Noisy, elle se met à pleurer :

– On a perdu notre enfant.

– Quoi ! qu'est-ce qui s'est passé ? J'espère que c'est pas à cause des médecins !

– Non ! Certainement j'ai dû faire un trop gros effort, et ça a fait partir le bébé.

Elle éclate en sanglots :

– Mon chéri, les docteurs m'ont dit que je ne pourrai plus avoir d'enfant.

Je retiens ma tristesse et la serre contre moi.

– Mon amour, tu m'as déjà donné un enfant. On en voulait plusieurs, ça ne marche pas, c'est pas grave. Je t'aime. On n'aime pas quelqu'un juste pour lui faire des enfants.

– Tu me pardonnes ?

Je la regarde dans les yeux. Elle a des filets d'eau sur ses joues.

– Te pardonner de quoi, ma petite poupée ?

★

Malgré tout, à partir de là, elle s'est enfermée sur elle-même. Elle ne voulait plus sortir, elle restait dans son monde. A force, elle s'est rendue malade. Il fallait toujours qu'elle en revienne à cette histoire : « Tu te rends compte, on aurait pu avoir une fille. »

Peu à peu, elle a glissé dans la boisson. Moi, dans la journée, je n'étais pas là pour le voir. Et quand je rentrais du travail, c'était trop tard. Je lui disais : « Arrête, c'est pas une solution. » Rien à faire. Sa stérilité la rongeait comme un cancer. J'aimais Jeannine. J'avais choisi de vivre avec elle. Avec ou sans enfants. Quand on aime une personne, ça vaut le coup de vivre.

Mai 68

J'étais avec les jeunes, près du foyer, quand j'ai vu ma femme s'approcher, tirant mon fils d'une main, tout en faisant de l'autre de grands signes. Qu'est-ce qui se passe ?

Toute essoufflée, elle me crie :

– T'as écouté la radio ?

– Y a pas de radio sur le chantier, tu sais bien.

– Ils disent qu'à Paris les étudiants arrachent les pavés pour faire des barricades. C'est la révolution !

– La révolution ? reprend un jeune, arrête : on n'est plus au temps des rois !

D'autres femmes accourent, bras au ciel.

– Y en a marre ! Avec leurs grèves, le facteur passe plus. Plus de courrier, plus de mandats. Ça va être la guerre civile si ça continue.

Tout le monde s'inquiète. On ne peut pas rester sans réagir : « Faut se battre ! » Nous allons de porte en porte, et nous voilà bientôt plus de cent, des jeunes, des hommes… prêts à en découdre.

Un gars du camp, revenant de Paris, tout amoché, croise notre attroupement sortant du bidonville armé de gourdins, de couteaux, de clés à molette, de tout ce qu'on avait sous la main.

– Vous allez où comme ça ?

– A Paris, foutre sur la gueule aux autres.

– Les autres ? quels autres ?

– Ces mecs qui foutent la merde !

Il répond :

– Mais ils se battent pour avoir des droits.

– Et nous, on en a des droits ? T'as vu comment ils t'ont esquinté ?

– C'est pas eux, c'est les C.R.S.. Et puis, ça sert à rien d'y aller de toute façon, c'est fini.

Du coup, on se regarde mi-soulagés, mi-déçus. Mais, nos méninges continuent à s'exciter.

– Si à Paris ça pète, ça va mal tourner.

– Les révolutions commencent toujours comme ça.

– On risque d'être envahis. Faut se préparer à les recevoir !

D'autres essaient d'éteindre la mèche.

– Mais, non, ils vont pas venir ici, y a pas de pavés à arracher !

– Les étudiants, ils s'attaquent pas au peuple !

Quand ça allait mal, tout le monde était prêt à se donner la main, comme pendant la guerre d'Algérie. En mai 68, même si on n'était pas du même avis, tous étaient anxieux, surtout les femmes. Moi j'étais inquiet pour ma famille. Ce que j'avais commencé à construire risquait de s'écrouler.

Je risquais aussi de perdre le travail que le Père Joseph m'avait donné dans l'association « Aide à toute détresse ». Ces événements, n'allaient-ils pas faire exploser ce Mouvement encore fragile, et tuer avec lui l'espoir qu'il avait fait naître en nous ?

Le Mouvement a su grandir dans la tourmente. Ma famille aussi. Après tant d'années de survie dans cette boue de honte, vers 1969-70, mes frères et sœurs ont commencé à sortir du guêpier. En les voyant ainsi accéder, un à un, à un vrai logement carré, comme tout le monde, j'ai repensé aux paroles de ma mère lorsque j'étais gamin : « Un jour, quelqu'un viendra. »

Sur un chemin toujours précaire, après Walter, parti le premier, Peter s'est marié et installé dans l'Aisne. Mon frère Henri a trouvé un travail stable. Il a pu obtenir un appartement, et fonder un foyer à Noisiel. C'est dans cette ville, quand j'étais enfant, qu'avec l'école d'Annet-sur-Marne, j'avais pu visiter l'usine des chocolats Menier. Et c'est à Noisiel, dans une cité Emmaüs toute neuve, que ma mère a été relogée. Victor et Marcelline, aussi, ont fini par quitter le camp pour habiter dans la région. Hélène, la plus âgée de mes sœurs, a trouvé son André à la barbe de légionnaire. En tout, ils auront six enfants. Comme mon frère Georges avec sa femme Marie. Lui deviendra éducateur diplômé. Tant de fois, on nous avait dit : « Vous êtes tous des incapables. »

Avec eux, Jeannine, Michel et moi, nous avons été les derniers de la famille à rester à Noisy, alors que la destruction du camp et la construction d'une cité devenaient enfin réalité. Finalement, ce « Camp des sans-logis » prévu pour quelques mois, aura duré plus de 15 ans, le dernier igloo ayant été détruit entre 1971 et 1972. Une première victoire pour tous ceux qui avaient tenu bon autour du Père Joseph, sur la lancée de l'Abbé Pierre.

Comme au départ de Pomponne, à chaque famille relogée, un bulldozer écrasait son igloo de peur qu'une autre vienne s'y installer, engloutissant du même coup toute trace de souffrance endurée là. Coco disait souvent : « A chaque igloo détruit, on devrait mettre une pancarte : 'N'oubliez jamais !' » Je répondais : « Si, justement, faut oublier. » Aujourd'hui, je comprends ce qu'il voulait dire. Rester bloqué sur ses souvenirs ne mène à rien, mais sans mémoire, on ne peut s'ouvrir ni au présent, ni à l'avenir.

Dans cette cité en construction, beaucoup cherchaient de nouveaux repères. On allait enfin habiter dans autre chose que des murs ronds, avec une porte qui ferme à clé, l'eau courante et le confort. Au bout de tout ce temps, après ces igloos en fibrociment qui glaçaient nos doigts quand on les touchait, ces nouveaux murs aux angles droits écarquillaient nos yeux. Il nous fallait tout apprendre, comme à l'école : appuyer sur un bouton pour la lumière, tourner les robinets en faisant attention, dire à mon fils : « N'oublie pas de tirer la chasse d'eau. »

Sortir de la fosse

Avant, les gens de la ville ne se seraient jamais risqués dans les allées du bidonville. Maintenant, ils passaient dans nos rues, curieux de voir qui habitait cette nouvelle cité bâtie sur l'emplacement de ce qui avait été pour eux le camp de la peur.

C'est à cette époque qu'à Pierrelaye, dans le Val d'Oise, un lieu a été trouvé pour accueillir et former ceux qui voulaient s'engager avec nous. A Noisy, les travaux de déménagement pouvaient commencer.

Ce matin-là, un beau soleil sortait de sa coquille quand je me préparais à démonter, pièce par pièce, un préfabriqué.

Je cale une échelle de quatre mètres sur un

panneau d'aggloméré. Une fois sur le toit, il me manque la bonne clé. Comme le gars qui doit travailler avec moi n'est pas encore arrivé, je redescends en vitesse. Soudain, la plaque d'agglo se casse en un bruit sec, l'échelle s'enfonce sous mon poids et, sans pouvoir rien faire, je me trouve plongé jusqu'aux épaules dans de drôles de sables mouvants. Mais ce n'était pas du sable : j'étais tombé dans une fosse septique. Heureusement qu'elle ne faisait pas trois mètres de profondeur ! J'en tremblais. Et personne autour pour me sortir de là. Par chance, j'étais encore agrippé à mon échelle. Quand j'ai pu m'échapper de la merde, tout collant, j'ai ressenti une douleur à la jambe. Alors je suis parti comme ça voir Bernadette, ma responsable quand le Père Joseph n'était pas là. Sa tête quand elle m'a vu recouvert de caca !

– Qu'est-ce qui t'est arrivé, Bernard ?

Alors que je lui explique l'affaire, je sens qu'elle a envie de rire. N'importe qui aurait eu envie de rire. Mais elle ne s'est pas moquée de moi. Au contraire, elle m'a montré un énorme respect.

– Si tu as mal quelque part, il faut te soigner, Bernard… et surtout te laver.

Son bureau commençait à empester. Sans déranger personne, je suis allé prendre une douche au foyer, escorté seulement par les mouches. Tout ce que j'avais sur moi, je ne voulais plus le voir. J'ai tout jeté, sauf mes clés, bien rincées, que j'ai gardées dans la main. Puis je me suis entouré de plusieurs serviettes, hésitant à sortir de la douche. « Je m'en fous, j'y vais. » Pieds nus dans cet accoutrement, j'ai traversé la cité, cul péteux, fuyant les regards concentrés sur moi, autant que les questions des enfants, des femmes…

– Qu'est-ce qui t'est arrivé, Bernard ?

Je filais droit, sans tourner la tête.

– Je suis tombé dans une fosse.

Quand j'ai ouvert ma porte, Jeannine m'a regardé bouche bée, puis a éclaté de rire.

– Tu vas au carnaval, mon homme !

– Me les casses pas !

– Tu pourrais au moins expliquer ce qui t'arrive.

Je lui explique. Elle en rit encore. Maintenant, moi aussi quand j'y pense, mais sur le moment, j'étais furieux.

– Arrête de te foutre de moi !

– J'arrive pas, qu'est-ce que tu veux ?

Finalement, elle me dit que j'ai eu de la chance. C'est vrai : j'aurais pu y rester.

Tandis qu'elle sort pour faire ses courses,

j'entends encore son rire dehors, derrière la porte. Tout en m'habillant, je suis incapable de faire autre chose que de penser et repenser à ce qui m'est arrivé.

Et je revois Bernadette me montrant du respect alors que je ressemblais à une larve. Dans notre univers, on n'était pas habitués à une telle retenue.

L'oreille arrachée

Moi, de la retenue, je n'étais pas du genre à en avoir quand, au beau milieu d'une matinée, mon fils est arrivé en larmes, la main sur l'oreille. Il devait avoir sept, huit ans. Il s'était sauvé de l'école.

– Qu'est-ce que tu fais là, Boboye ?

C'est à peine s'il arrive à me dire :

– Papa, papa, la maîtresse m'a fait mal.

Il m'explique qu'il s'est bagarré avec un autre. Alors, pour les séparer, son institutrice lui a tiré l'oreille, très fort. Je regarde de près. Ça saigne. La colère me monte. Toucher à mon fils, pour moi, c'est un sacrilège. Je ramasse la hache qui me sert à tailler la pierre.

– Viens, on retourne à l'école.

– Tu vas pas la tuer, hein, papa ?

Sa question refroidit ma rage. Je jette mon outil et je lui prends la main.

– T'inquiète pas. Papa va lui dire deux mots, à ta maîtresse.

Nous arrivons pendant la récréation. Dès que l'institutrice nous aperçoit, elle disparaît. Je la cherche partout et la retrouve dans une classe.

– Pourquoi vous avez arraché l'oreille à mon fils ?!

Terrifiée par mes cris, elle bafouille :

– Il s'est battu, votre fils.

Je lui montre la blessure de Michel et je hurle :

– Et ça, c'est quoi ?! C'est parce qu'il vient d'un bidonville ?

Plusieurs enseignants sont déjà là, prêts à la défendre. Du coup, elle se rebiffe :

– Monsieur, votre fils est insupportable !

– C'est une raison pour lui arracher l'oreille ?! C'est honteux ! Vous lui avez fait ça parce qu'il vient d'un milieu mal vu…

– Mais, monsieur, votre fils il n'a qu'à parler poliment. Il a un de ces langages !

– Et alors ? Vous êtes là pour faire son éducation.

– Pardon ! C'est d'abord à vous d'éduquer votre enfant.

– Et vous, faire ça à des enfants, vous croyez que vous méritez d'en avoir ? !

Je la traite de tous les noms et je tourne les talons.

– Viens Boboye, on rentre à la maison.

Ses collègues s'écartent, vaguement peinés. Sur le chemin du retour, je me revois à Annet-sur-Marne. Le maître avait arraché l'oreille de mon frère. Henri était peut-être turbulent, mais quand même… Des années après, il refusait toujours d'aller à l'école. Et maintenant, c'était mon fils. J'étais dégoûté. Qu'il soit obligé de vivre ça au lieu d'apprendre à lire et à écrire comme tous les autres enfants…

Sans les enseignants, comment avancer ? Je sais bien qu'ils ne sont pas tous pareils. Mais cette histoire a traumatisé mon fils. Ça l'a fait reculer. Et moi aussi, par rapport aux autres. Pendant des années, Michel a refait le cauchemar qu'on lui arrachait l'oreille.

Terre promise

Dès 1970, le Mouvement étant installé à Pierrelaye, je travaillais et logeais une semaine sur place, et l'autre, je retrouvais ma famille à Noisy. Soixante kilomètres en mobylette, fourmis dans les membres, gelé ou trempé en arrivant. Jeannine et ses problèmes de santé. Cette situation ne pouvait pas durer.

J'étais en train de pousser une brouette quand Gabrielle, devenue depuis la volontaire la plus proche du Père Joseph, vient vers moi.

– Bernard, est-ce que tu pourrais venir ?

Je laisse ma brouette, je la suis dans l'ancienne écurie où le Père avait installé son bureau. Il ne manquait plus que le foin dans la mangeoire, le bœuf, l'âne et le petit Jésus. Dès qu'il m'aperçoit, le Père Joseph ouvre les mains comme s'il voulait m'offrir un ballon invisible.

– Ah ! Vieux frère, ça serait bien que tu t'installes à Pierrelaye, non ?

Un peu narquois, je lui fais :

– Pardon ? Je n'ai pas bien entendu ce que vous m'avez dit.

– Tu as très bien compris.

– Je déménage tout de suite si vous voulez…

Il suffisait qu'il agite la main pour que je le comprenne. Parfois, ça voulait dire : « T'as rien compris », d'autres fois : « Fonce », cette fois-ci : « Pas si vite ».

– Si ta femme est d'accord, dans deux, trois mois, vous devriez pouvoir aménager.

*

Avoir un logement comme tout le monde, avec ma petite famille, on en rêvait. Mais, tant que je ne l'avais pas, je n'y croyais pas. En 1972, nous nous sommes enfin installés à Pierrelaye dans des H.L.M. tout neufs. En entrant pour la première fois dans notre nouvel appartement, j'ai levé les bras au ciel : « Ah ! Merci Seigneur ! »

Jeannine, étonnée :

– Qu'est-ce qui t'arrive ?

– Tu te rends compte, au bout de tant d'années !…

– C'est comme dans la Bible, mon homme. Ils ont mis longtemps avant d'arriver à la Terre promise…

Jeannine était catholique, même si elle n'allait pas à l'église. Elle ne lisait pas beaucoup. Seulement le journal et la Bible.

Avant de venir dans cet appartement, on avait vécu un temps dans la cité promotionnelle. Mais à Noisy, l'image que je voyais, c'était encore le camp. Les stigmates d'une misère qui ne nous quittaient pas. Tandis que ce premier jour à

Pierrelaye, éberlué, je regardais partout, et pensais aux projets que nous avions pour l'avenir. J'étais tellement léger.

Parmi les premières choses que nous avons installées : une table, des chaises et deux fauteuils. Jeannine s'est assise devant moi.

– Dis donc, mon chéri, tout ça c'est bien beau, mais les cartons ne vont pas se vider tout seuls.

– T'inquiète pas, je respire pour que mes poumons ne sentent plus le moisi.

– Arrête. T'es pas pourri quand même.

Elle change de sujet :

– Il faudra inscrire Michel à l'école, cette semaine.

Mon fils ne voulait plus y aller, depuis cette histoire d'oreille. Il a fallu très longtemps pour qu'il comprenne que c'était un incident isolé. Nous avons eu la grande chance de rencontrer à Pierrelaye des gens compétents qui l'ont compris. Pour lui, ce déménagement fut comme un déclencheur. Et, pour nous trois, le début d'une nouvelle vie.

Apprentis volontaires

A Pierrelaye, ma place était sur le chantier, avec

les nouveaux volontaires.

– Tu vas où avec tes pierres ? me dit le Père Joseph.

– Celles-là sont pour le bâtiment des congrès. Je vais leur montrer comment on les taille.

– Surtout, apprends-leur à se servir de leurs mains, dit-il, montant près de Gabrielle dans sa voiture. Et que ce soit beau, hein ! Ton peuple y a droit.

Pas loin, les jeunes l'avaient entendu. Ils se demandaient pourquoi ce mot peuple lui venait si souvent à la bouche.

J'ai essayé d'expliquer :

– Vous savez, des familles étiquetées, mal admises où qu'elles aillent, y en a des millions. Ce centre que nous construisons, c'est pour qu'elles puissent raccommoder les liens avec les autres.

Regardez cette pierre, par exemple – j'en prends une dans mes mains –, elle est faite pour être mise en valeur, sinon autant la laisser où elle est. En la touchant, en la taillant avec ces outils, on peut la rendre vivante. Et, quand vous lui donnerez sa place dans ce bâtiment, elle ne sera plus une pierre morte. Le gars qui m'a appris s'appelait Pierre, justement. Il était Berrichon. Je me rappelle, il disait : « Une pierre, c'est comme une femme, si tu sais la toucher, elle devient belle ». Avec les pauvres, c'est pareil, si vous les sortez de leur trou, ils trouveront leur place.

Un autre jour, on nous avait donné tout un lot de carrelages. Des fins de séries, des échantillons dépareillés. Parmi les jeunes avec moi, aucun n'en avait jamais posé. Frédéric, un objecteur de conscience, vient me voir, énervé.

– Nanard, comment veux-tu qu'on pose ces trucs ? Y en a pas deux pareils !

– Écoute, j'ai dit, on nous les a donnés. Faut faire avec.

Je lui montre : un peu plus de colle ici, derrière ce carreau plus fin. Une ligne de ce motif-là, un morceau de faïence que je casse en mosaïque, le tout formant un puzzle de toutes les couleurs.

– Ça donnera rien ! marmonne Frédo.

Combien de jeunes j'ai connus, avec les mêmes questions, les mêmes impatiences ? Les gars râlaient plus que les filles. Elles y arrivaient mieux.

– Écoute, nous, devant notre igloo, on montait des cabanes avec des caisses à oranges bonnes à brûler, alors…

Finalement, le sanitaire fini, j'entends :

– Mince, je ne pensais pas que je pouvais faire

ça de mes mains… Chez moi, la salle de bains n'est pas aussi classe.

*

Avant d'envoyer les apprentis volontaires dans les quartiers pauvres, le Père Joseph disait : « Ce sont des hommes que vous allez rencontrer. Quand vous allez les rejoindre, vous aurez peut-être l'impression qu'ils vous acceptent mal. C'est parce que ces familles ont peur, non pas de vous en tant qu'hommes, mais parce qu'elles se méfient de tous ceux qui croient leur apporter la 'bonne parole'. »

Effectivement, on avait appris à se méfier de tout le monde. La poussière se méfie du balai. Chacun attendait de ces volontaires un signe du cœur qui marque la confiance. Venir dans des lieux comme Noisy, c'était pour ainsi dire décider soi-même d'entrer en enfer. Souvent, les pauvres sont proches des décharges, de tout ce qu'on jette, les choses comme les gens. Les autres vous considèrent comme des déchets. Quand on additionne tout, ça donne la misère au sens propre du mot. Quand je dis propre, c'est une façon de parler. Dans la misère, il n'y a rien de propre, à part le cœur des miséreux qui ne demande pas mieux que de s'ouvrir aux autres.

Le Bourgeois Gentilhomme

1973. Mi-mars, cette année-là, dans ma boîte à lettres, une belle enveloppe blanche avec, en gros, écrit : « Ministère des Finances ». Je n'aime pas ça. J'ouvre, impatient. Incroyable !

C'est une invitation, le 6 avril, à un spectacle à Paris, au profit d'A.T.D. Quart Monde, en présence du Président de la République, Georges Pompidou, et de Valéry Giscard d'Estaing, son ministre des Finances. Quart Monde, c'est le nom que le Père Joseph venait de trouver aux millions de pauvres qui cherchent avec d'autres à sortir du trou.

J'ai encore le carton d'invitation. « Le Bourgeois Gentilhomme », c'était le titre de la pièce. Effectivement, on était entourés de bourgeois dans ce théâtre magnifique : la Comédie Française. C'était la première fois que je rentrais dans un lieu pareil, protégé par les hommes de la Garde républicaine, avec leur grand sabre et leur casque qui brille. Autour de nous, des hommes en cravate, des femmes pomponnées, qui sentaient le parfum. Et nous au milieu, perdus, dans un autre monde. J'aurais voulu avoir une glace devant moi pour vérifier si ma cravate était bien mise. Ça me prenait la tête, c'était incroyable : est-ce que je suis propre ? Est-ce que je suis sale ? J'ai atterri dans quoi exactement ? Je pensais à tout ça quand je suis sorti de ma torpeur, réveillé par les applaudissements à la fin de la pièce.

Puis on a eu l'honneur, pendant un rapide buffet, de voir de près le président Pompidou, très entouré, prendre un verre et s'en aller discrètement. Plusieurs ont pu serrer la main au premier pilote du Concorde. Mme de Gaulle Anthonioz était avec nous, souriante, à l'aise avec tout le monde. Pour chacun, elle avait un petit mot.

– Alors, Jeannine, comment vous allez ?

Elles s'embrassent, puis nous traversons la rue de Rivoli, pour nous rendre au ministère des Finances. Arrivés parmi les derniers, on demande notre chemin à une personne à l'entrée, habillée en queue-de-pie comme un majordome anglais. « Permettez-moi de vous y conduire. »

Avant même d'entrer dans la grande salle, je vois le Père Joseph et un homme très grand que je reconnais tout de suite : Valéry Giscard d'Estaing. Nous entrons un par un, chacun présenté par le Père Joseph. Quand vient mon tour, il dit : « Monsieur le ministre : notre responsable des chantiers. » Grand sourire. Cette chaude poignée de main m'a beaucoup impressionné. Pourtant, c'était une main comme la mienne. On était les derniers, alors il nous a accompagnés et, avec ma femme et mon fils, nous nous sommes retrouvés à la même table que lui, le Père Joseph et d'autres personnes.

Se retrouver en train de manger avec ces descendants d'hommes en perruque et de femmes en robes à cerceaux, nous, les « sans dents », on n'osait pas l'ouvrir. Mais pas question de se défiler. Ça faisait tant d'années qu'on voulait leur dire : on est là.

J'étais en face de Giscard et je voyais mon fils se lever et s'amuser dans ce grand salon avec des lustres qui se reflétaient dans les hautes fenêtres. Les gamins étaient brouillons. Assiégeant le buffet, ils risquaient de casser des choses. Quelques verres étaient déjà tombés. Les serveurs ne savaient plus comment faire. Voilà que Michel – il avait neuf ans – se met à côté de Giscard qui lui fait gentiment : « Alors, on veut tout casser ? » Près de lui, sa femme, Anne-Aymone : « Mais non. Ce sont les enfants. C'est de leur âge. » Honnêtement, je ne sais plus s'il a pris Michel sur les genoux. Mais j'étais fier qu'il soit si près de mon fils, juste en face de moi. Il lui a dit : « Maintenant, tu vas jouer un peu. Les grandes personnes ont besoin de se parler. »

Comme les autres, j'aurais voulu lui dire tant de choses, mais j'étais si intimidé que mes lèvres sont restées longtemps cousues. Autour du repas, on lui a dit qu'il fallait qu'il vienne se rendre compte sur place. Plus tard, il l'a fait.

Notre mariage

Ce jour-là, Michel avait douze ans. Il était aussi heureux que nous. Jeannine avait acheté un grand châle blanc, un corsage à fines rayures vertes et blanches, une jupe large qui descendait jusqu'à ses pieds. Toute contente, elle me disait : « C'est comme si je faisais ma communion. » Moi, d'épouser la femme que j'aimais, j'en tremblais d'impatience. Ce mariage m'enlevait aussi une étiquette et nous donnait une vraie identité. Nous devenions une famille française, avec les droits et les devoirs de toute famille française.

C'est grâce à la sœur Madeleine qu'on a pu enfin se marier. Une sainte femme ! C'est elle qui nous a aidés à faire toutes les démarches. Pendant trois ans, il aura fallu qu'elle se batte pour que l'on puisse avoir tous nos papiers en règle, parce que depuis Noisy, ma vieille carte de Sécurité sociale, c'est tout ce que j'avais. Sinon, nous aurions déjà été mariés depuis longtemps. Il a fallu pour ça qu'elle nous accompagne au tribunal de Pontoise. Après beaucoup de palabres, le grand jour est arrivé.

Pour témoins, j'avais choisi le Père Joseph. Pour moi, il était comme mon père. Et Gabrielle qui était comme ma sœur. On s'est donné rendez-vous à la mairie de Pierrelaye. A la sortie, le père m'a dit : « Ce n'est pas fini. »

Je tenais à ce que ce soit lui qui nous marie religieusement. C'est d'abord à lui que je devais le bonheur d'avoir pu fonder une famille.

Quand nous sommes arrivés à la salle des congrès, construite de nos mains avec tant de jeunes volontaires, tout était arrangé pour que ce soit très beau. Plusieurs nous avaient aussi aidés à préparer les textes pour la cérémonie. Je me souviens de ce passage de la Bible : « Il renverse les puissants de leur trône, il élève les humbles », Jeannine et moi, on ne voulait renverser personne.

Tous ces gens autour de nous : la famille, les volontaires, les amis, les « Sans-logis » de Noisy que j'avais perdus de vue et que le Mouvement avait pu retrouver… Gaby, un ancien copain du camp, m'a pris à part : « T'as du bol de te marier, Nanard. Moi j'aurais bien voulu. Mais tu sais ce que c'est : l'odeur de la misère fait souvent la cassure… »

Jamais je n'aurais pu imaginer connaître de tels moments. Sur une photo, à la sortie de la mairie, parmi tous les visages souriant à notre bonheur, la plupart ont bien changé mais beaucoup sont toujours là. En plus de ma famille, je vois Sœur Madeleine, Christiane l'infatigable, Dominique avec ses grands cheveux, Bernadette qui s'occupe aussi bien des fleurs que de chacun de nous… et tout près de Jeannine : ma petite Oma.

VI. Pour des générations…

17 octobre 1987

Combien nous étions à attendre ce jour qui changerait l'avenir d'un peuple ? Aboutissement d'un combat que tant de générations avaient payé de leur vie. Refus que des humains soient piétinés sur le chemin de l'histoire, comme des feuilles mortes.

Au Trocadéro, sur le parvis des Droits de l'Homme, à Paris, face à la Tour Eiffel, ces grandes statues dorées qui montaient la garde, elles gardaient quoi ? Les courants d'air ?

Maintenant, entre les hauts bâtiments, à même le sol, des mots sont gravés dans le marbre, qui ne pourront plus s'effacer de la mémoire des hommes.

Je revois ce petit prêtre, avec sa valise noire, qui m'a tapé sur l'épaule, trente et un an plus tôt : « Alors, vieux frère ? ». Comment j'aurais pu imaginer, gamin, que ce même homme allait un jour signer ces paroles qui ont trouvé leur place, inscrites dans ce lieu ?

Là où des hommes sont condamnés
à vivre dans la misère,
les droits de l'homme sont violés.
S'unir pour les faire respecter
est un devoir sacré.

Comment j'aurais pu penser qu'un jour, le 17 octobre 1987, se rassembleraient autour de lui des milliers et des milliers de sans rien, des grands de ce monde et des petites gens de partout, sous un ciel sans nuage, avec ce soleil beau comme une lumière sans fin ?

J'entends encore ses mots, un dimanche où j'étais ressorti amer d'une église, il m'avait dit : « Cogne à leur porte »... Pour cette dalle en hommage aux victimes « de la faim, de l'ignorance et de la violence », il a choisi un endroit sans porte, pour que tout le monde puisse y entrer sans être obligé de cogner. J'en frissonne de bonheur. Pourtant, je n'étais pas là.

Avec ma femme et tous les autres, on s'était préparé longtemps avant pour participer à ce rassemblement historique. Mais Jeannine était de plus en plus malade. Déjà la veille, elle n'était pas bien. J'avais téléphoné à Gabrielle pour l'avertir que nous n'étions pas sûrs de venir. En pleine nuit, Jeannine avait fait une énorme crise. Le lendemain, elle ne pouvait plus tenir debout.

– J'y vais quand même, elle m'a dit.

– Hors de question ! Pas dans ton état.

Elle se lève de son fauteuil, manque de tomber, je la retiens, elle insiste.

– Tu te rends compte, ne pas aller là-bas, c'est comme si on m'enlevait le cœur !

Finalement, elle se résigne :

– Porte-moi devant la télé. Vas-y, toi.

Je n'ai pas voulu la laisser seule. Toute la journée, Jeannine est restée collée devant son poste. Le midi, aux informations, rien. « Ce qui est important, ils n'en parlent jamais. Il faut qu'il y ait des morts. » Le soir, j'étais dans la cuisine en train de préparer le repas quand elle m'a appelé.

– Mon homme, mon homme ! Vite ! Y a le Père Joseph !

On l'a vu. Il disait : « Je témoigne de vous… ». Elle a essuyé une larme :

– Au bout de tant d'années…

Je voyais cette foule sur l'écran, et nous, on était seuls, enfermés, alors qu'aux pieds de la Tour Eiffel, l'honneur était rendu aux pauvres.

Qui aurait pu dire, ce jour-là, que le 17 octobre allait devenir pour le monde entier le jour où les muets de l'histoire retrouvent le droit à la parole ?

Je n'ai plus envie de lâcher

Ensuite, bien souvent, j'ai accompagné des jeunes et des moins jeunes sur cette dalle. Un autre 17 octobre, devenu depuis « Journée mondiale du refus de la misère », le parvis fourmillait d'enfants qui chantaient. J'étais avec Marc Couillard, un copain d'enfance de Noisy. On devait remettre les « Cahiers du Quart Monde » à Bernard Kouchner, alors ministre du gouvernement français. Ces albums créés par des enfants de partout rassemblaient leurs paroles, leurs rêves.

En attendant notre tour, avec Marc, on va boire un café dans une tente installée tout près pour l'occasion. Autour de nous, des hommes discutent, fumant leurs cigarettes roulées. Je reconnais ces rides qui creusent leur figure. Ce ne sont pas celles de la vieillesse, mais la marque d'une vie tailladée par l'angoisse. Je remarque aussi plusieurs femmes. Elles n'osent pas trop ouvrir la bouche quand elles parlent. Si les dents ne leur manquaient pas, elles pourraient être encore plus belles. Elles en ont du courage pour monter sur l'estrade, sous les regards des gens ! Je devine les efforts qu'il leur a fallu pour avoir ces beaux habits qu'elles portent, et dire tout haut ce qu'elles pensent, écoutées pour une fois.

Près de moi, Marc me dit : « Souvent, je n'arrive pas à croire que c'est réel, tout ça. » Moi aussi, parfois, je me fais cette réflexion. Eh ben si. C'est du vrai.

Le moment venu, on s'est retrouvés sur l'estrade nous aussi, avec Élie Wiesel, Prix Nobel de la paix, et la comédienne Brigitte Fossey, encore plus jolie qu'à la télé.

En descendant du podium, une dame âgée, bien habillée, portant un chapeau lui couvrant les oreilles m'a dit :

– Tous ces enfants qui chantent me redonnent la forcc... J'ai 84 ans vous savez.

– Vous ne les faites pas.

Elle a si peu de rides. Elle m'explique :

– Souvent, à notre âge les gens pensent qu'on n'est plus bon à rien. En voyant tous ces enfants, je n'ai plus envie de lâcher. Ma vie, de nouveau, a un sens.

– Moi aussi, je croyais que j'étais plus bon à rien. Si j'ai pu changer, c'est parce qu'on a cru en moi.

Son visage est devenu radieux.

– Jeune homme, je vois beaucoup de choses en vous.

Flatté, intrigué, je demande :

– Vous voyez quoi ?

Elle réfléchit, puis :

– Je vois que vous avez dû souffrir dans la vie…

Un rayon de soleil illumine son regard. Elle poursuit, souriante :

– Mais votre jolie cravate et votre belle chemise font ressortir le bleu de vos yeux.

Tout content, je m'entends dire :

– Madame, j'ai envie de vous embrasser. Vous permettez ?

Elle éclate de rire.

– Bien sûr, mon garçon. Il y a si longtemps…

J'arrive

Mais, entre ces deux 17 octobre, un événement allait bouleverser ma vie, et pas seulement la mienne.

Ce dimanche-là, 14 février 1988, à peine rentré du foot : téléphone. J'ai du mal à reconnaître cette voix. Pourtant c'est celle de Gabrielle. Elle m'annonce la terrible nouvelle : le Père Joseph est décédé. Sous le choc, mes jambes ne me portent plus. Je dois m'asseoir. Très vite, tout défile dans ma tête, depuis ma première rencontre avec lui. J'ai des sueurs froides, l'impression que c'est la fin des temps. Je me ressaisis car lui n'aurait jamais voulu que je me laisse aller. Le téléphone en main, au bout d'un long moment, je dis à Gabrielle : « J'arrive. »

Dans la nuit tombante, je me rends à Méry-sur-Oise, à quelques kilomètres de Pierrelaye, où le Mouvement avait choisi de s'installer pour mieux accueillir les familles et les nouveaux volontaires de partout. D'instinct, c'est là, au hameau de Vaux, que nous nous rejoignons tous, avec quelques amis de toujours et les premières familles prévenues, dans la chapelle construite de nos mains. En silence, chacun reste avec ses souvenirs. Je revois le père en train de me dire, alors que je travaillais à bâtir cette chapelle : « A ma mort, je veux qu'on me mette ici. » Je lui avais répondu : « Vous avez encore le temps. » Il m'avait mis la main sur l'épaule et dans son petit sourire, il m'avait juste dit : « Tu sais, vieux frère… »

Jamais je n'aurais pensé que ça viendrait si vite.

Dès le lendemain et pendant trois jours interminables, beaucoup sont venus se recueillir devant sa dépouille. Jeannine me voyait déphasé, dépossédé de mon espoir, haineux contre cette mort que je n'acceptais pas. Malgré sa maladie, c'est elle qui m'a secoué :

– Te laisse pas aller, mon homme ! Il serait en colère s'il te voyait comme ça.

Au matin de ses funérailles à Paris, en arrivant sur le parvis de Notre-Dame, à peine sorti du fourgon funéraire, un journaliste me pose la question : « Vous enterrez qui ? » « J'enterre mon père » je lui ai dit, sans prendre le temps de m'arrêter. Je ne voulais pas perdre les autres dans la foule.

La cathédrale était comble. En suivant le cercueil dans l'allée centrale avec Madame de Gaulle Anthonioz, Madame de Vos et quelques autres, j'ai repensé à ce que je venais de dire à ce journaliste. Ma mère m'avait donné tout ce que peut donner une mère. Mais il me manquait quelqu'un. Ce petit prêtre, mon cœur l'avait choisi. Il avait su m'apprécier ou m'engueuler quand il fallait. On s'était adoptés. Combien de fois il m'avait dit : « Il faut pardonner, sinon, tu resteras toujours seul » ? A Notre-Dame de Paris, dedans et dehors, j'ai vu tous ces gens, riches et pauvres ensemble, qu'il avait rassemblés comme un berger rassemble son troupeau.

A la fin de la cérémonie célébrée par le cardinal Lustiger, plusieurs personnes lui ont rendu un dernier hommage : un ministre, au nom de l'État français, Gabrielle, au nom des volontaires, Geneviève de Gaulle Anthonioz, comme présidente du Mouvement A.T.D. Quart Monde France. J'ai eu le grand honneur de parler au nom de mon peuple :

« Père Joseph, à Noisy, vous nous aviez dit : "Avec votre soutien, nous allons combattre l'injustice car il n'est pas permis qu'un homme écrase un autre homme… « Vous m'avez donné la chance de m'exprimer de mes mains et fait comprendre que chaque main a une valeur si on lui donne la chance de s'exprimer. »

Avec lui, comme tant d'autres, j'ai fait l'expérience que la misère, on peut l'enrayer. Même d'un enfer de cloportes, de cafards, de poux, d'insultes qui grouillent dans des trous sans fond, on peut sortir si quelqu'un vous attrape la main comme lui a saisi la mienne.

Comme il l'a voulu, il repose désormais au Hameau de Vaux, à Méry-sur-Oise, gardé par la

Sainte Vierge, statue qu'il avait lui-même ramenée en morceaux de Noisy, sauvée du passage des bulldozers au moment de la destruction des igloos. A sa demande, un à un, j'en avais recollé les morceaux, elle avait retrouvé sa grandeur.

Combien de marches ?

A Noisy, Joseph, un petit prêtre avait promis de nous faire monter toutes ces marches en haut desquelles se décide l'avenir des hommes : marches de l'Élysée, des Nations Unies, du Vatican... Dans les deux premiers palais, il avait commencé à faire entendre nos voix. C'était à nous maintenant de continuer ce qu'il n'avait pas pu gagner de son vivant. Tous, familles de son peuple, amis, volontaires, on voulait aller au bout de son serment.

En 1989, trois cent cinquante délégués du Quart Monde étaient réunis à Méry-sur-Oise, avant de partir à Rome rencontrer le pape. Rassemblés avec des gens d'Haïti, du Burkina Faso, d'Amérique, de quasiment tous les pays, nous avions l'impression de nous connaître depuis toujours. Partis de bonne heure pour Roissy, jusqu'à être assis dans l'avion, on chantait tous *Freedom*, sans s'occuper des regards sur nous. A chaque fois, ce chant d'esclaves me donne des frissons et me fait penser à l'homme noir de Pomponne qui, dans la nuit, m'avait donné du pain.

Au décollage, silence complet, et pour beaucoup, fesses serrées du baptême de l'air. Quand le commandant a dit : « Sur votre gauche, le Mont Blanc », d'un seul coup, les gens ont quitté leur siège et se sont précipités de notre côté. La trouille que j'ai eue ! Et l'hôtesse qui dit : « Ne bougez pas tous en même temps ! »

Comme elle passe près de moi, je demande, paniqué :

– L'avion va pas chavirer, au moins ?

Charmante, elle me rassure :

– Un avion, ça tient, vous savez.

– C'est bien gentil, mais s'il tombe, on peut faire son signe de croix !

Elle se met à rigoler. Je me détends.

– Vous savez, on va voir le pape, alors on risque rien.

Je me penche vers le hublot et je regarde en bas ce Mont Blanc si petit.

A l'approche de Rome, l'avion tourne au-dessus de la ville, menacée par de gros nuages.

Enfin, nous atterrissons.

En attendant de passer à la douane, dehors grondements lourds, et d'un coup, le déluge. Dans les bâtiments en travaux, sur tout un côté, des panneaux de bois remplacent les vitres. Soudain, des explosions. Ces mêmes bruits de Noisy quand les igloos brûlaient. Tout se met à chavirer. La baraque de la douane s'écroule, avec les douaniers dedans. L'eau s'infiltre de partout. Panique folle. Et personne pour nous aider. A croire que les secours aussi ont été balayés par la tempête. Je regarde au-dessus de moi. J'ai peur que le plafond nous tombe sur la tête. Je me mets contre un pilier, au cas où.

J'ai cru que c'était un tremblement de terre. Ça a duré je ne sais pas combien de temps. Le vent s'engouffrait. Les fils électriques faisaient des étincelles en tombant par terre. Plusieurs se sont mis à crier : « Mettez-vous sur les valises pour ne pas être électrocutés ! » J'ai vraiment cru que c'était notre fin à tous.

Quand l'ouragan s'est calmé, tout le monde s'est relevé, certains péniblement. Une femme de chez nous s'était cassé la jambe. Des hôtesses nous disaient de ne pas rester là. D'autres faisaient des grands gestes. On ne se comprenait pas. Enfin, les bus sont arrivés et nous sommes partis dans notre lieu d'hébergement. En chemin, nous avons pu voir, par centaines, des arbres couchés dans la ville.

Plusieurs jours après, on ne pensait plus qu'à une chose : notre rencontre avec Jean-Paul II à Castel Gandolfo. En descendant du bus, au bas de la colline, Mme Anthonioz me dit : « Mon petit Bernard, est-ce que vous pourriez me donner le bras pour m'aider à monter les marches ? » Et comment ! j'étais si honoré. Il y en avait, facile, une bonne centaine, seulement pour voir le pape. Et pour voir le Bon Dieu, combien de marches ?

Alors que nous montons, je me demande, moi qui suis d'origine allemande, comment elle a fait cette dame, pour pardonner, avec tout ce qu'elle a vécu, les souffrances dans les camps de la mort ?

Comme elle s'agrippe à mon bras, je lui dis :

– Parfois j'ai honte d'être Allemand d'origine, avec tout le mal qu'on vous a fait à Ravensbrück…

Essoufflée, elle trouve quand même la force de m'expliquer :

– Mon petit Bernard… ce n'est pas votre faute… ce sont les hommes. Vous aussi, vous avez pardonné.

Arrivés en haut, notre conversation s'arrête devant un garde suisse, immense, au moins deux mètres dix avec son casque de conquistador !

On passe des portiques de sécurité avant d'entrer dans une cour fermée et couverte, éclairée de partout, les murs ornés de jaune et blanc. On s'installe sur des chaises devant des arcades, en face d'un grand siège vide en forme de trône, et on attend, répétant une dernière fois tout ce que nous devrons dire et faire. Près de moi, d'un côté, Gabrielle, de l'autre un ami allemand. A nos pieds : une vasque de cristal réalisée spécialement. Ce n'est pas le moment de la casser.

Soudain, tout le monde se lève. Le pape s'avance, suivi de plusieurs évêques. Il lève les mains pour nous saluer et s'assoit sur son trône. Un monseigneur en soutane nous annonce comme délégation internationale du Quart Monde. Mains ouvertes, le pape montre qu'il est prêt à nous écouter. Mme Alwine de Vos, notre présidente à tous, commence par lui expliquer le chemin qu'il a fallu faire, avec le Père Joseph et les familles, pour arriver jusqu'à lui. Puis, avec mon ami allemand, nous nous levons et, en silence, nous posons à ses pieds la fameuse vasque transparente, dans laquelle nous versons une poignée de la terre de Méry-sur-Oise. En même temps, une femme explique que les délégués de chaque pays vont maintenant y déposer, tour à tour, un peu de terre apportée de leur lieu de misère. J'espère que cette terre ne restera pas morte, que des pousses toujours vertes en sortiront, comme d'un printemps sans fin.

Il nous impressionne, cet homme en blanc, robuste, à l'écoute de tout ce qui lui est dit, prononçant quelques mots dans la langue de chacun. J'espère que nous ne sommes pas les seuls à avoir cette chance, que d'autres hommes chavirés cherchant à se redresser sont et seront reçus ici avec autant d'honneur que nous.

Grandir dans un igloo et cinquante ans après serrer la main du pape, si c'est pas un miracle, alors qu'est-ce que c'est ? Tout ce qui avait été dit, depuis si longtemps, s'était réalisé. « Bernard, va vers les autres ». Ces mots du Père Joseph se concrétisaient une fois de plus. Garder tout ça pour moi, je n'en ai plus le droit.

J'ai pensé à mon fils resté avec sa mère qui n'avait pas voulu venir à cause de sa santé : « Si je fais un malaise, avait dit Jeannine, je vais gêner tout le monde. » Combien de temps faudra-t-il encore pour que plus personne n'ait à s'excuser d'exister, parce qu'il est malade, ou vieux, ou pauvre ?

Après ce rêve réalisé, la maladie de Jeannine m'a remis dans une vie de combat. Elle se battait tous les jours pour sortir de son état. Mais son mal a été le plus fort. Jeannine est décédée en 1996, après cinq mois d'hôpital.

Pendant son séjour à la maison de repos à Ennery, Gabrielle allait la voir tous les jours. Elle la soutenait autant qu'elle me soutenait. Quand j'étais seul avec Jeannine, elle me disait :

– Et Michel ? Encore sur les routes pour son travail ? Veille bien sur lui.

Malgré son état, elle pensait encore à son intérieur, me dictait ce qu'il fallait que je fasse à la maison. Elle était là-bas, mais elle avait sa tête chez nous.

– Et Cartouche ? Et Finette ? (notre chien et notre chat).

La dernière semaine, elle avait toujours les yeux tournés vers la fenêtre.

– Mon chéri, je sais que maintenant je dois partir. On m'appelle. Je vois de la lumière.

– Arrête de dire des bêtises, tu vas vivre.

– Non, on m'appelle, je vois la lumière.

Quand j'étais auprès d'elle, elle me prenait le

bras, et usait ses dernières forces pour me répéter ça. La dernière fois, elle m'a tenu les mains très fort. Elle avait du mal à parler. Je m'approchai de sa bouche. Ses dernières paroles :

– Je ne te reverrai plus.

Le lendemain matin vers quatre heures, l'hôpital m'a appelé : c'était fini. Quand je suis allé la voir, toute la souffrance sur son visage avait disparu. Pour moi, c'est qu'elle était en de bonnes mains.

Le jour de son enterrement, il y avait ma famille, et aussi la famille du Mouvement. Et puis il y avait les amis. Voir tant de monde, ça vous réconforte. Je n'oublierai jamais. Avoir des gens autour pour vous épauler, vous réconforter, c'est une grande espérance pour repartir dans la vie.

En sortant de l'église, il pleuvait à verse, mais tous sont venus quand même à pied jusqu'au cimetière. Pour moi, c'était une fierté que Jeannine soit ainsi honorée.

⋆

Après trente-cinq ans de vie commune, c'est dur de se retrouver seul. Tout ce chemin parcouru, toutes ces personnes qui m'ont permis de construire une famille, une vie d'homme libre, et d'un seul coup plus rien. Malgré tous mes amis, je partais à la dérive du non-retour. Ce sont les jeunes sur le chantier qui m'ont aidé à repousser le néant. Un après-midi, lors d'une pause-café, j'ai causé avec quelqu'un qui m'a mis en confiance. Il fallait que ça sorte. J'ai parlé de Jeannine. Longtemps. Assez pour que les autres soient retournés à leurs occupations quand on s'est retrouvés à laver les tasses. Là, cette personne m'a dit carrément : « Faut faire de l'ordre dans ta tête, et chez toi. Tu ne peux pas rester comme ça. Faut repartir de l'avant, pas en arrière. Tu n'as pas que des mauvais souvenirs. Et tu peux t'en faire des nouveaux. »

Ce genre de rencontres vous empêche de basculer. J'ai de la chance.

Sans papiers

En 1997, sur la route de Pontoise, à mobylette, je me fais contrôler par la police. Ils me demandent mes papiers. Je leur montre mon certificat d'assurance. « Votre carte d'identité, s'il vous plaît ! » Je la donne. « Elle est périmée, monsieur. Il faudra la refaire. »

Pas de problème. Je vais à la mairie demander ce qu'il faut pour ça. Ils me donnent une liste de pièces à fournir. Mon frère Georges, dans le même cas que moi, s'est rendu à la sous-préfecture du Raincy, où notre naturalisation a été enregistrée. Impossible d'en retrouver la trace. Il a fallu écrire en Allemagne pour renouveler entièrement la procédure. Quelques mois plus tard, la sous-préfecture nous écrit : l'ancien dossier a été retrouvé. Mais toujours pas de carte d'identité.

Après 45 ans de travail reconnu en France, on me considère comme un « sans papiers ». Comment toucher ma retraite et garantir mes droits ? Difficile d'en parler sans se mettre en colère.

Pourtant, en me mariant, il a fallu que je présente des papiers en règle. Et, même périmée, j'avais bien eu une carte d'identité française. Et voilà que, maintenant, quand je les présentais, à chaque fois on me disait : « Ça va pas, ça va pas ». A trois reprises, j'ai été obligé de repayer la traduction de mes papiers de naissance allemands, puisqu'au bout de trois mois, ils n'étaient plus bons.

Finalement, j'ai dû passer par le tribunal de Pontoise. C'est une dame, greffière en chef vraiment compétente, qui a pris l'affaire en main et jusqu'au bout. Le 10 septembre 2002, j'avais enfin la fameuse carte. Dire que j'ai mis cinq ans pour l'obtenir, alors que je suis Français et que j'en suis fier ! Je comprends la révolte de ces gens qui connaissent, encore aujourd'hui, cette situation qui fait pousser la misère et la haine.

Il faut traduire

A Méry, nous continuons à accueillir ceux qui veulent découvrir le Mouvement, en particulier toute une jeunesse du monde entier. Autour d'une grande maquette et de photos du camp de Noisy, souvent j'essaie d'expliquer de quel monde on vient. Tous veulent comprendre ce qu'a été notre vie, ce rejet qui écrase les humains, et comment le combattre.

Que ce soit face aux jeunes, aux familles du Quart Monde de partout, ou à n'importe quel autre visiteur, j'ai envie de dire tellement.

Parfois cela provoque de l'émotion. Par exemple, récemment, j'ai vu une des filles, traduisant à un groupe ce que je racontais, retirer ses lunettes. Ses yeux étaient rouges. J'étais en train de dire :

« Il y a quelques années, j'ai eu la chance d'accompagner un groupe de délégués qui ont rencontré le pape à Rome. La veille, on a pu visiter le Colisée. Et là, je me suis senti pas bien.

Quand j'ai su que des êtres humains avaient été enfermés dans cette arène, avec pour seul choix de s'entretuer ou être dévorés par des lions, j'ai cru que ces pierres antiques me lançaient des cris. J'ai pensé à Noisy, quand les touristes venaient en car visiter notre lieu de misère. Ils nous regardaient à travers leurs vitres, comme si on était les descendants de ces gladiateurs. Bien sûr, on n'avait pas de grilles autour de nous, pas de boucliers non plus, ni de tridents, ni rien. Mais on était quand même comme des esclaves des temps modernes, avec seulement des cailloux pour se défendre, car nos paroles n'auraient servi à rien.

Depuis que je suis dans ce Mouvement, j'ai compris que les grilles du cirque peuvent s'ouvrir. Vous, avec votre instruction, votre jeunesse, votre énergie, vos amis, vous pouvez créer cette ouverture, non pas pour un mois, deux mois, mais quasiment une vie… Si vous êtes ici, c'est que vous voulez savoir, vous voulez agir. »

La jeune interprète se met à pleurer. Je dis : « Faut pas pleurer. Faut traduire. » Et nous allons jusqu'au bout. A la fin, je m'approche d'elle. Je lui demande ce qu'elle a. Elle répond : « J'ai envie de m'engager, mais… je ne serai jamais à la hauteur. »

Je l'embrasse et, tout ce que je trouve à lui dire, c'est : « J'ai confiance en toi. »

Être humain

Dans le train, face à moi, un homme au regard vague. Ses paupières n'ont plus la force de dévoiler ses yeux fanés quand il me tend une main tordue par la souffrance.

– T'as pas une clope ou un petit sou ?

Je lui donne. Ses yeux s'ouvrent un peu plus.

– Merci mon pote.

Combien de fois faudra-t-il encore que cet homme tende une main de plus en plus lourde ?

Je revois cette petite fille de six ans, au camp de Noisy, en plein hiver, pieds nus, sans culotte, avec sa jupe trop courte. Tremblant de froid, elle me demande : « T'as pas du lait pour ma petite sœur ? »

Et cette femme, au Cornillard, les yeux creusés, les mains crevassées de gratter les ordures, disputant aux corbeaux et aux rats des fromages grouillant d'asticots.

Combien sont-ils encore, aujourd'hui, à endurer

l'inhumain ? Comme eux, comme vous, je veux être humain jusqu'au bout. Avant, rongé par la haine, je ne l'étais plus. Si je le suis redevenu, c'est parce que j'ai compris que je ne suis pas seul. Je sais que le combat qu'on mène est loin d'être gagné. Je sais aussi que beaucoup d'hommes et de femmes ne le lâcheront jamais.

Je pense à ma mère, toujours là, après ses six infarctus. A Jeannine, à Michel, à Émilien et Romain, mes petits-enfants. A mes frères et sœurs, aux trois qui ne sont plus, à toute ma famille. A tous ceux qui m'ont permis de devenir un homme.

J'entends encore le Père Joseph me dire : « Reste toi-même Bernard, et va vers les autres. » J'essaie.

Méry-sur-Oise, 14 février 2004

Merci à Eugen Brand, Susie Devins et Bruno Couder, les responsables du Mouvement A.T.D. Quart Monde qui m'ont encouragé à témoigner.

A toutes ces femmes et ces hommes qui m'ont appris, par leur engagement, que la vie n'est pas que le fond de l'abîme. Tous ces amis qui m'ont tendu la main, trop nombreux pour que je les nomme ici. Ils et elles se reconnaîtront.

Merci à Béatrice Noyer et à Didier Robert sans qui je n'aurais toujours pas de papiers.

Et à Jean-Michel Defromont sans qui je n'aurais pas pu écrire ce livre.

TABLE

Dans la même collection RACINES

L'espoir gronde (1956-1962) - tome I
Francine de la Gorce
1992 - 256 pages - 14 X 20,5 - 8,00 €
2e édition 1998

Un peuple se lève (1962-1971) - tome II
Francine de la Gorce
1995 - 326 pages - 14 X 20,5 - 8,00 €

Le père Joseph Wresinski
Témoin des plus pauvres de tous les temps

Une courte biographie préfacée par
Geneviève de Gaulle Anthonioz
1993 - 72 pages - 11,5 x 20,5 - 6,00 €

Traitement informatique, impression, façonnage par

IMPRIMERIE
FRANCE QUERCY
CAHORS

D'après montages et gravure numériques
(Computer To Plate)

N° d'impression : 42828/
Dépôt légal : juin 2004